生命的心灯

田慧君◎著

感恩 母亲 给予生命
赋予教养 赐予智慧

光明日报出版社

图书在版编目（CIP）数据

生命的心灯 / 田慧君著 .－－ 北京：光明日报出版社，
2020.3（2022.4 重印）

ISBN 978－7－5194－5232－2

Ⅰ.①生… Ⅱ.①田… Ⅲ.①回忆录—中国—当代
Ⅳ.① I251

中国版本图书馆 CIP 数据核字（2019）第 292117 号

生命的心灯
SHENGMING DE XINDENG

著　　者：田慧君

责任编辑：曹美娜　黄　莺　　　　责任校对：兰兆媛
封面设计：中联学林　　　　　　　责任印制：曹　净

出版发行：光明日报出版社
地　　址：北京市西城区永安路 106 号，100050
电　　话：010-63139890（咨询），010-63131930（邮购）
传　　真：010-63131930
网　　址：http：// book. gmw. cn
E － mail：gmrbcbs@ gmw. cn
法律顾问：北京市兰台律师事务所龚柳方律师

印　　刷：三河市华东印刷有限公司
装　　订：三河市华东印刷有限公司
本书如有破损、缺页、装订错误，请与本社联系调换，电话：010-63131930

开　　本：145mm × 210mm
字　　数：145 千字　　　　　　　印　　张：8
版　　次：2020 年 3 月第 1 版　　印　　次：2022 年 4 月第 2 次印刷
书　　号：ISBN 978－7－5194－5232－2

定　　价：58.00 元

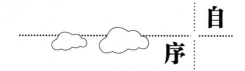

自序

　　在十七岁之前，我在家乡小城，度过了自己的少年时光，一家人的生活清贫恬淡，与母亲朝夕相处的日子，历历在目。之后，我独自离开家乡，告别父母亲，来到北京，求学工作，一直在找寻着自己想要的生活。与母亲聚少离多，彼此的牵挂，却一刻也不曾停息。

　　在我定居北京三十年之后，八十多岁的母亲，来到北京生活，我成了母亲唯一的依靠。想必母亲与我一样，享受着母女相依相伴的每分每秒。闲暇时光里，我们依偎在一起，母亲慢慢回忆，我久久回味。一年多来，这样的回忆和回味，变得越来越珍贵，我抑制不住内心的冲动，记下了我对母亲的所见、所闻、所想，似乎这样可以让我留住母亲的笑容，留住母亲说过的话，留住母亲对我的好。

母亲不识字，十八岁开始在工厂做工，在生产车间里从事着最简单的体力劳动，一直到退休。普普通通的母亲，当着普普通通的工人，过着普普通通的日子，有工作、能吃饱、能穿暖、有房住，就是母亲眼里的幸福生活。母亲没见过大世面，没见过大人物，然而，看着自己的女儿、身边的朋友、周围的邻居，过得好，活得好，她为大家感到高兴。从花季少女到耄耋老人，她脸上的笑容越来越灿烂。也许，生命的意义就在于生活过程本身，日出而作，日落而息。

　　曾经年少的我，在昏暗的灯光下读书，母亲坐在一旁，忙着手中的针线，陪我到深夜。我离家千里，求学在外，在家乡的母亲，手推小车，沿街叫卖，供我读书。我工作了，生孩子了，母亲在第一时间来到我身边，帮我料理家务、照看孩子，一切安然度过。如今，我人到中年，和母亲相互陪伴的日子让我越来越深切地体会到，母亲是我生命中最重要的人，在生命的每一个阶段，我总能从母亲身上，汲取不竭的力量，继续前行。也许，生命的本能就在于生命的延续，你把我养大，我陪你变老。

从小到大，我喜欢读书，也读过了很多书，然而，母亲，是我一生一世品读不完的书。走过的沟沟坎坎，在她的唠叨声中，变成了沿途的美景；经历过的苦难，让她讲出了甜甜的味道；曾经对她伸出过援手的人，成了她念念不忘的大恩人。渐渐老去的母亲，越来越让我迷恋，读也读不完，品也品不够。

每次我从外面的喧嚣世界回来，拖着疲惫的身体，带着浮躁的心境，走近母亲。母亲从来不问我涨了多少工资、升了几级官位，而是面带微笑，眼睛里闪着亮光，摇晃着微驼的背，一遍又一遍地重复着她的故事。每次听了母亲的话语，我总能豁然开朗，我像母亲一样，有了灿烂的微笑、安静平和的心态、摧不垮的定力。读懂了母亲，就读懂了人生，就读懂了人性。

小时候的我，是母亲的宝贝，现在年迈的母亲，成了我的宝贝。其实，宝贝母亲的需要，是那么简单。她希望我从电脑前走开，有那么点儿时间，面对面坐下，听她讲讲过去的事情；她希望我放下手中的手机，有那么点儿时间，搀扶着她，在院子里走走；她希望我少些加班出差，有那么点儿时间，给她说说外面的世界。

在母亲住进养老院的日子里，我与母亲一起，经历了复杂而又煎熬的心路历程。面对生活的变故，年老体衰的母亲，告别自己的家乡，离开自己的老窝，再一次用行动告诉我，什么是坚强，什么是豁达，什么是超然世外，母亲的身上散发出一种强大的生命力。母亲好，家就好，社会在进步，时代在变化，我将与母亲一起成长，一起迎接新年，一年又一年。

感恩母亲，她不仅给予了我宝贵的生命，而且赋予了我人生的底色，更寄予了我永恒的价值。母亲在，家就在，唯愿时光慢慢走，让母亲慢慢变老。在完成书稿的那一刻，我有些不安，唯恐自己的拙文钝笔，不能表达我对母亲的敬爱，但是，我很释怀，我所写下的一笔一画，都记录着家的传承；我所记下的一词一句，都浸染着家国情怀。

祝愿天下所有的母亲，安康幸福。

目 录

一、我眼中的母亲

"我在我母亲的教训之下住了九年，受了她的极大极深的影响。我十四岁便离开她了，在这广漠的人海里独自混了二十多年，没有一个人管束过我。如果我学得了一丝一毫的好脾气，如果我学得了一点点待人接物的和气，如果我能宽恕人、体谅人——我都得感谢我的慈母。"

——胡适《我的母亲》

1. 美丽人生

　　我的母亲是一位耄耋老人，健康慈祥，恬淡宁静。虽然我已步入中年，但是却像孩子般越来越依恋母亲。闲暇时间里，与母亲坐在一起，相互依偎着，听母亲讲着她过去的故事，说着她现在的琐事，我享受着难得的踏实和温暖，任由岁月倒流，时光停滞。母女两人从未像现在这样，相互依靠着，心亦安，神亦定，我很是知足。

　　我仔细端详着母亲，不经意间发现，母亲真的老了。眉心间的福痣、满脸的皱纹，还有永远伸不直的手指，形成了母亲最显著的外貌特征。在母亲曲曲折折的生命历程中，母亲的容颜不仅留下了岁月的痕迹，也成就了独属于母亲的美丽。

　　母亲脸庞白皙，宽宽的额头上，眉宇间有颗红红的痣，黄豆粒大小。在我的印象中，几十年过去了，母亲额头上的这颗痣，不见大，也不变小，是母亲相貌特征最明显的标志。记得我女儿还是襁褓中的婴儿时，母亲把她抱在怀里，一老一小，脸贴着脸，总是亲不够，逗得女儿咯咯笑着，女儿对姥姥脸上的这颗痣，充满了好奇，胖嘟嘟的小手总是喜欢摸它，揪了又揪。每当这个时候，母亲总是说："这是姥姥的福气，揪也揪不走哩！"

无论是让母亲深信不疑的算卦先生，还是善于看相的亲戚朋友，一致笃定，母亲脸上的这颗痣是福痣，而且总能从母亲所经历的吉凶祸福中，找出一些蛛丝马迹，与母亲脸上的这颗痣关联起来，然后得出结论，我的母亲是一个有福之人。然而，我深切地感受到，在母亲的前半生中，她是多么不容易，经历了太多的苦难和艰辛。母亲的面相，特别是额头上的这颗痣，并没有给母亲带来多少福气和快乐。

母亲生养过四个孩子，我的大哥和大姐不幸夭折，二姐和我的出生，让母亲格外珍惜，百般呵护。让两个柔弱的小生命能够活下来，不生病，身体好好的，成为母亲最操心的大事。特别是二姐，小时候身体很弱，经常感冒发烧，打针吃药成了家常便饭。年迈的奶奶也和我们一起生活，一家五口人靠父母亲微薄的工资养活。

在那个物资极度匮乏的年代，粮食是按人口每月定量供应。一年到头，母亲算计着家里的口粮，变着法儿地让年迈的婆婆、干力气活的丈夫，还有两个体弱的孩子能够吃得饱、吃得香。

虽然日子艰苦，在过年的时候，母亲总是通过自己的巧手，尽展花招，做出过年的面食，寄寓着朴实的期许，祈祷着来年的好光景、一家人的平平安安。过年前一个月，母亲常常要忙到大半夜，我和姐姐围在灶台前，闻着馒头的香味，看着母亲打开蒸屉，蒸出一锅热气腾腾、鼓胀胀的馒头。那一刻，蒸汽缭绕，母亲微笑看着刚刚蒸熟的馒头，她的脸庞被熏得通红，细细的汗珠映得额头发亮，脸上那颗福痣更加有韵味。这幅尘封已久的画面，永远定格在我心中，母亲真美。

母亲出生于豫东商丘县城，中华人民共和国成立初期，县火柴厂招工，十八岁的母亲进厂当上了工人。母亲每天的工作，是将粘上火药头的火柴梗，按照规定的数量，装进火柴盒内。那时候生产条件差，基本以手工操作为主，母亲的两只手上下来回挪动，手指不停地将粘上火药头的火柴梗装进火柴盒内。从十八岁上班，到五十岁退休，母亲装了一辈子的火柴盒。日复一日的重复劳动，让高挑硬朗的母亲，变得弓腰驼背，再也站不直。特别是母亲的两只手，由于长期的手指固定动作，已经严重变形，五指无法并拢，小手指关节弯曲，再也伸不直。

我的女儿两岁时，蹒跚着学走路，母亲牵着她，大手拉小手，不停地走着，女儿迈出的步子越来越稳。两人停下歇息时，女儿喜欢将母亲的一只大手摊开，用自己的小手竭力把母亲的五个手指靠拢，并且把母亲的小手指高高鼓起的部分，轻轻地往下摁，却抚不平姥姥的手指。女儿很奇怪问母亲："为什么姥姥的手指头伸不直呢？"母亲对女儿说："姥姥老了，手指伸不直了！"

渐渐长大的女儿，喜欢上京剧。绚丽多彩的服装，悠扬委婉的唱腔，让她着迷。在学戏的过程中，戏曲的身段和手势，是她必练的基本功。也许是母亲弯曲的手指给年幼的女儿留下了太深的印象，女儿拉起母亲的手，举得高高的，模仿着母亲的手指，似乎学到了真功，兴奋地说："姥姥的手指就是兰花指。"

兰花，幽雅素淡，具有花中君子的美誉；兰花指，体现了传统戏曲中一种特有的基本手势。我万万没想到，女儿会将优雅的兰花指与母亲弯曲变形的手指联系在一起，我拉起母亲的手，仔细端详着，母亲的手形，就像一尊兰花指模型，精妙传神，母亲真美。

随着公私合营，新婚不久的母亲响应号召，独自一人来到安阳火柴厂。两年之后，父亲才从老家调到安阳，与母亲团聚。年轻的父母，举目无亲，在异乡打拼，靠着力气，养活着一家老老小小。哥哥是家里唯一的男孩，三姐妹中大姐长得最漂亮，可惜都早早地没了。经历了丧子丧女之痛，父亲实在忍不住了，会发脾气，母亲却从来不吵不闹，默默地承受着一切。然而，心中的愁苦早早地爬到母亲的脸上。在母亲白皙而细腻的脸庞上，留下一道道皱纹，使得年纪轻轻的母亲，变得越来越苍老，使得母亲的容颜与母亲的实际年龄，相差如此悬殊。

时代在变化，社会在进步，家里的日子一天天好起来，我和姐姐各自经营着幸福的小家，两个可爱的外孙和外孙女健康成长，母亲安享着晚年，脸上总是笑盈盈，眯起的眼睛像弯弯的月牙儿，一道道皱纹舒展开来，母亲真美。

生命的心灯

2. 回望来时路

从我对鞋子有记忆开始，我所穿过的鞋子，都是母亲手工做的。在我十七岁离开家、上大学之前，母亲从年头一直忙活到年尾，断断续续要做的、工序最长的针线活儿，就是给一家老小做鞋子。

做鞋子，有着很多道工序，从打袼褙、纳鞋底，到剪鞋帮、缝鞋帮，一直到绱鞋。一年到头，母亲很仔细地做着鞋子的每一道工序，似乎很享受这缓慢而细巧的过程，从一件件旧衣服上，剪出的一条条碎布条，制成一对对鞋面和鞋底，最后绱出一双双应季的布鞋。每一双鞋子，带着时间的烙印，留着母亲的温热。年少的我，在读书之余，喜欢看着母亲慢慢地、一针一线地做着布鞋，学着母亲的样子，剪一根布条，纳几针鞋底，鼓捣一下母亲做鞋子的工具。

新年快到了，母亲给一家老小做的布鞋基本完工，母亲将做好的布鞋，整整齐齐地放在床头的柜子里，待到除夕夜，一家人辞旧迎新之际，把一双双崭新的鞋子递到每个亲人手里。我和姐姐总是趁母亲不在的时候，迫不及待地、悄悄地打开柜子，把所有的鞋子拿出来，挨个试一试，穿起来逛荡的，是父亲的大鞋子；楞塞进去、顶脚的，是奶奶的小脚鞋；最中意的，还是母亲给我和姐姐做的花布鞋。几番试穿之后，我和姐姐悄悄地把鞋子原封不动地放回去。这样的体验，相比于守岁夜穿上新鞋的兴奋，无疑让我和姐姐感到窃喜不已。

少年时期的我，个子猛向上窜，脚也跟着一起长。母亲做的一双新鞋子，穿不到一年，就变小了，甚至磨出了洞，露出了大脚趾头。每当这个时候，母亲总是从箱子里又翻出一双新布鞋，微笑地看着我换上新鞋子，在她面前，神气地走来走去，两只脚一上一下，使劲地跺着地，稳稳地迈着大步。母亲好像能掐会算，不管我的脚丫是多大，母亲总会有合脚的布鞋给我穿。

班上的同学中，有人穿上了帆布的球鞋，或是翻毛的大头皮鞋，把腿抬得高高的，晃悠着漂亮的新鞋子。在那个年代，谁穿上一双从商店买来的皮鞋，或者从北京买回来的鞋子，是令人羡慕的事情。虽然，像同学们一样，我也会有片刻的羡慕、甚至瞬间的自卑，但是我知道，按照当时家里的条件，母亲不可能有充裕的钱给我买鞋子穿，而且家里也没有亲戚朋友有本事出差到北京。

高中毕业之前，我一直都是穿着母亲做的布鞋，偶尔穿买的鞋子，也是姐姐穿剩下的，我接着穿。高三毕业那年，我接到大学录取通知书，要离开家，到离家六百多公里的西安上大学。开学前一个多月，母亲为我准备着上学的行囊，从柜子里翻出她事先纳好的所有鞋底，挑出一双最厚的鞋底，用粗粗的麻线绳，缝得很密实，为我赶制了一双黑条绒的厚棉鞋。临走的时候，母亲嘱咐我，出门在外，要知冷知热，照顾好自己。

在大学校园度过的第一个冬天，天气格外冷。临近期末考试，还下了一场大雪，寒冷难捱，我从箱子里拿出母亲给我做的棉鞋，捧在心口上，厚厚实实的棉鞋带着母亲的体温，但是，我还是没有勇气穿到脚上。因为，在校园里，我几乎看不到同学穿布鞋，特别是同宿舍的姐妹，不是皮棉鞋，就是皮长靴。我把母亲做的棉鞋深深地埋在箱子里，穿着一双单薄的旅游鞋，度过了一个难捱的冬天。

大学毕业工作了，每月给父母亲寄些钱，并且劝慰母亲，我可以养活自己了，希望母亲不必再辛苦操劳。然而，勤劳的母亲还是闲不住，时常做着针线活儿。我与父母亲聚少离多，很少有机会再陪在母亲身边，看着母亲做鞋。婚后第一次带着先生一起回家乡，拜见父母，宴请亲朋。短暂的喜庆欢聚之后，在返回北京的前一天晚上，母亲把一个用红布包裹得严严实实的包裹递到我们面前。打开红红的包裹，是两双灰色呢面的棉鞋，鞋面是灰色毛呢，滚着黑色的镶边，鞋底的针迹密密麻麻，均匀排列成一排排菱形的花纹。我和先生各自穿上鞋子，不大不小、正合适的情侣鞋。先生对母亲说："谢谢妈妈，鞋子很合脚！"我眼睛泛红，嗔怪母亲，日子好过了，不要再做鞋了，母亲高兴地看着我和先生，笑而不语。

女儿的出生，给我的小家带来了很多快乐，也增加很多忙碌。六十多岁的母亲，费尽心思，拿起针线，给女儿做了很多小衣服、小鞋子。虽然比不上从商店买来的花哨精致，但是，母亲做出的针线活儿，朴拙实用，特别是母亲做的小布鞋，有虎头鞋、绣花鞋，穿在女儿胖嘟嘟的小脚上，让很多年轻的妈妈艳羡。女儿学走路时，各种各样买来的小鞋子穿来穿去，总是硌脚，还是姥姥做的小布鞋，穿着舒服，或走或跑，女儿稳稳当当地迈着步子。

七十岁之后的母亲，虽然耳聪目明，但是没有了力气纳鞋底、缝鞋帮。可是，看到家里换季时，一大堆丢弃的旧衣服、旧床单，母亲又闲不住了，裁裁剪剪、拼拼补补，母亲开始给家人做鞋垫。给我做的鞋垫，是用碎花衣服布拼出来的；给先生做的，是用纯棉床单剪裁下来的；给女儿做的，是有小动物图案的。细心的母亲，还根据季节的不同，做出厚度不同的鞋垫，冬天用的厚实一些，春秋用的薄一些。

在晴朗的午后，母亲喜欢坐在阳台上，戴着老花镜，弯着腰，动作迟缓地一针针缝着鞋垫，还不时地自言自语，再不做，就做不动了。几年下来，母亲为家里的每一个人，按照脚的大小，做了厚厚的一大摞鞋垫。

八十多岁的母亲，眼睛花了，手指不灵活了，再也做不了针线活儿。为了减少母亲的失落感，也弥补自己不会给母亲做布鞋的遗憾，我给母亲买得最多的礼物，是各种各样的布鞋，千层底的布鞋、红缎面的棉鞋、防滑耐磨的牛筋底鞋。看到商店里琳琅满目、做工考究、春夏秋冬应季的布鞋，总忍不住要给母亲买一双。母亲拿着我给她买的布鞋，戴上老花镜，摸摸鞋帮，看看鞋底，像一位老专家似的审视一番，还连连称赞说，还是机器做出来的鞋好。

每次陪母亲外出，她都会早早地穿戴好衣服和鞋子，静静地等着出门。我渐渐发现，去逛公园、走亲访友，或是赴约吃饭，母亲会根据外出的场合不同，选择穿不一样的布鞋。看着越来越爱美的老母亲，我细细品味，我们的人生，何尝不时如此呢？选好了一双怎样的鞋，就决定了要走一条怎样的路。

3. 领地

　　小时候家里穷，花大把的时间、想尽一切办法，让一家人吃饱，是母亲的头等大事。狭小房间中，母亲天天围着灶台转，在灶台前忙碌着。母亲挥铲动刀，我和姐姐围拢在母亲身边，闻香解馋。灶台，是家里的中心，是一家人吃饭、议事的地方，更是母亲的领地。

　　记忆中的灶台，是用砖堆砌起来的，灶台面上抹上了一层水泥，往灶台中央的火眼儿里，添加的是黑黑的湿煤。灶台上摆放着母亲洗刷干净的炒锅、蒸锅、锅铲、汤勺、漏勺等，随着岁月的流逝，一件件灶具，与灶台的颜色浑然一体，呈现出独特的色彩，也形成了母亲饭菜的独特味道。后来，灶台改换成了铁炉子，烧的燃料由煤饼变成了煤球。炉子不仅用于做饭，还用于冬天取暖。一个长长的烟囱从灶台一直通向屋外，将一氧化碳带到屋外，也将炊烟飘到屋外。每天升腾的一缕缕炊烟，就像母亲召唤我回家的信号，昭示着母亲做好了饭菜，等着我吃饭。

　　灶台前的母亲，扎着围裙，带着套袖，添煤刷洗，烧菜蒸煮，样样炊事兼顾得当，动作娴熟麻利。一家人的饭菜做好了，与此同时，灶台也清理干净了。火旺旺地燃着，蒸气腾腾地冒着，映红了母亲的脸，浑身缭绕着雾气。年幼的我，在这个时候，闻着香喷喷的饭菜，望着泛着光的母亲，常常会觉得，母亲真是了不起，总能像变戏法似的，将有限的口粮用到极致，让家人吃饱，将难以下咽的粗粮，做得香甜可口。最期盼的日子，要算过年了。年三十的前一周，母亲在灶台前格外忙碌，蒸花糕、炸丸子、炸酥肉，为了准备这些过年的食物，母亲常常一个人干到深夜。在这个时候，我会寸步不离地守在灶台前，闻闻年味儿，尝尝鲜香，直到上下眼皮开始打架，被母亲轰去睡觉。做好的食物，母亲首先要敬过灶王爷，祈求来年平平安安，然后才分享给我们。

　　印象之中，在那个年代，家里吃一顿肉，是一件难得的事情，原因有两个，一是买肉要凭票，二是父母亲有限的工资，月月不够用。所以，母亲买两斤肉回来，常常将肉分解开来，分好几种做法。削下来的瘦肉，切成细细的肉丝，一次性过油炒好，至少要吃一星期。母亲炒蔬菜的时候，舀进去几块，给清汤寡水的蔬菜添点儿荤腥，成为我和姐姐吃饭时，争抢的目标。肥肉要熬成油，凝固成猪油，是一家人半个月的油水。特别是母亲用猪油烧出的茄子，简直比肉还好吃。炼出来的猪油渣，母亲配上粉条和蔬菜，做成馅儿，蒸出鲜香的包子，为单调的一日三餐增色。剩下的猪皮，母亲也格外珍惜，用麻绳穿起来，挂在房檐下，积攒到一定量时，母亲精心熬制，做成猪皮冻，成为上好的凉菜。直到现在，我没用过高档化妆品，没进过美容院，闺蜜朋友向我讨教皮肤细腻光滑的秘诀，我开玩笑说，从小到大，我的母亲给我吃了太多的上等胶原蛋白。

上中学时，我体质弱，个子一个劲儿地往上蹿，身体却瘦得像一根细细的豆芽菜，用母亲的话说，风一吹，就能刮倒。母亲为此没少为我操心，变着花样给我增加营养。母亲经常到家附近的菜市场转悠，时间久了，母亲发现两寸多长的小鲫鱼，常常没有多少人买，而且在菜市场快要关张时，可以用很便宜的价格买到。于是，在每周固定的时间，母亲都会去菜市场，拎回几条鱼。回到家，母亲花很长时间、花很多功夫，小心翼翼地将一条条鲫鱼开膛、刮鳞、腌制、炕鱼、炖煮，最后出锅了，鲜美的鱼味，顿时香飘满屋。一锅滚烫的红烧鲫鱼中，最大、最肥的那一条，肯定是留给我的。渐渐地，我身体变得强壮起来，还考上了大学。母亲总结道，吃鱼补脑，吃鱼吃多了，算题肯定越算越快，学习成绩当然就好。后来，我吃过各种各样的鱼，吃过各种各样的做法烹制出的鱼，然而，母亲做的红烧鱼，说不清且道不明的味道，却是最好吃的红烧鱼，让我终生难忘。

在北京打拼多年，终于有了属于自己的住房。厨房宽敞明亮，我计划着为家人做出营养丰富的一日三餐，一家人可以围坐在一起，享受美味，说说笑笑。于是，我陆陆续续采购了锅碗瓢勺等各种炊具，在厨房中摆放得整整齐齐。然而，由于工作的繁忙，我很少有时间在家里做饭和吃饭，厨房似乎成了摆设。

母亲来到家中，走进客厅、卧室、阳台，仔仔细细打量着每一个角落，最后走进厨房，腰上扎起围裙，胳膊上戴上套袖，我家的厨房变成了母亲的领地。母亲拿出从家乡带来的一件件炊具，俨然一位即将走上战场、指挥千军万马的将军。厨房里锅碗瓢勺被重新排队，轻飘飘的炒菜锅换成了沉甸甸的老铁锅，颜色鲜艳的塑料案板换成了厚实的枣木案板，窄窄的切菜刀换成了宽厚的钢刀。厨房的摆设布置，完全按照母亲的套路，变换了模样。

母亲在家的日子，厨房不再是陌生的样板间，充满了生活的气息，萦绕着母亲的味道。烧茄子、红烧鱼、包子、饺子，母亲的美食又回来了，我和家人又有了口福。在厨房中，母亲气场强大，我只能甘拜下风，因为，为了做出一道美味的菜，无论我是照着书做，还是看着视频学，菜切成什么形状，油盐酱醋放多少量，火候控制在什么档位，总是不能像母亲那样，无师自通，挥洒自如。母亲在她的领地里，给一家人制作出美食，创造着快乐。我们的快乐，就是母亲的快乐。

如今，八十多岁的母亲，再也做不动了，然而，她还是喜欢背着手，在厨房里转悠，每当我手忙脚乱、好不容易做出一道菜，端到母亲面前，母亲总是吃得很香甜，感觉很幸福。

4. 指甲花

先后离开老家商丘，在安阳团聚的父母亲，在异乡干着简单的体力劳动，几经辗转，在父亲工厂的家属院里安家。我在家属院里出生、长大，一直到十七岁离开家乡去上大学，姐姐从这里出嫁，父亲在这里去世。几十年过去了，家属院还在，淹没在周围拔地而起的摩天高楼之中，成了城中的棚户区。

建于 20 世纪 60 年代的工厂家属院，一共有 5 排简陋的平房，每一间十几平方米，家家都一样。院子的一角建有男女公共厕所，早晨排起长龙如厕的场面，尤为壮观。每两排平房之间，有一个长长的大水池，一排长长的水龙头，是公用洗衣洗菜的地方，也是家属院最热闹的地方，欢声笑语、吵架打闹，各种声音在这里交汇。前院和后院空旷的地方，成为小孩子们的乐园，成群结伴，一起捉迷藏，做游戏。

不知从什么时候起，家家先后在自家门前盖起了小厨房，接入了自来水，搭建了小煤棚子，宽敞的大院里，变得越来越拥挤狭窄，宽宽的走道变得曲曲折折。高高低低、大大小小的自建房，让原本宽敞的空地变得曲径通幽，大人们相安无事，孩子们也提高了捉迷藏的难度，其乐无穷。

像院里其他孩子的父母一样，工作之余，漏雨的屋顶修修补补，煤棚子的垒砌搭建，下水道的疏通改造，成为父亲经常要做的家务活儿。那时候，我家门前的过道，只有不到两米的宽度，父亲靠墙搭起了半米宽、一米高的煤棚子，用于存放日常生火做饭所用的蜂窝煤。靠着煤棚子，母亲砌起了一个半米宽的方形花坛，在里面种上了花花草草。在煤棚子上面，摆放了大大小小的灰瓦花盆。一年四季，母亲把家门口的小花坛，修砌得错落有致，花坛里郁郁葱葱，各色鲜花应季开放，成为家属院里一道亮丽的风景，引来不少邻居在我家门口，驻足观赏。

每年的清明前后，母亲都会清理沉寂了一个冬天的小花坛，清扫杂物，平整砖头。用铁铲将花坛里板结的土壤疏松开来，将干树叶、空鸡蛋壳、剪短的草绳、小石子等混合在一起，作为肥料，铺放在最下层，上面撒上牵牛花、指甲花、金盏花等花籽，在最上面一层，配上新土，浇上水。接下来的日子里，在黑褐色的土壤表层上，先后冒出形状各异的小苗，叶片从一两片到几片

生命的心灯

不等，小苗的个子也不断地长高。母亲常常会选择在阴天或傍晚，移种花苗，拔掉杂草，除去长势不好的小苗，将一棵棵健壮结实的小苗，小心翼翼地移种在不同的位置。牵牛花要绕藤，移种在靠墙的一侧；薄荷能驱蚊子，还可以食用，占据了花坛的大半面积；指甲花苗，有着特殊的待遇，被移植到几个大花盆里；金盏花苗，要到秋季开花，被移种在几个小花盆里。

到了盛夏，小花坛里迎来了盛花季。牵牛花一路疯长，一路攀岩，一路吹起喇叭。油亮的薄荷叶层层叠叠，谁家孩子胳膊上被蚊子叮个大包，家长在我家门外招呼一声，顺手掐起几片薄荷叶，在孩子胳膊上搓揉着，奇痒难忍的孩子顿时安静下来。种在大花盆里的指甲花，得到母亲特别的关照，长得格外好，而且成为院子里女孩子们关注的焦点，因为指甲花开了，意味着她们可以染指甲了。

指甲花羽状的叶子中间，绽放开娇美的花朵。每朵花有三到五片花瓣，花瓣薄如羽毛。根据品种的不同，颜色有粉红色、大红色和紫红色。这些美丽的花瓣，就是染指甲的原料了。指甲花开了，母亲迎来了收获的时节，母亲总是按照花开的大小、时间，分期分批采摘下花瓣，今天送给李家女儿，明天送给张家媳妇，过几天送给王家孙女。

当然，我和姐姐染的指甲肯定是最好看的。母亲将摘下来的花瓣放在瓷碗里，用明矾捣碎，满满一碗花瓣，不一会儿工夫，变成了深红色的花泥。随后，母亲采来牵牛花的叶子，让我和姐姐把手指洗干净。准备工作做好之后，我和姐姐挨个坐下，母亲坐在对面，用细细的针挑起湿湿的花泥，均匀地涂在手指的指甲盖上，清凉的感觉，瞬间从指尖直至心中，爽朗舒服。然后，母亲用牵牛花的叶子将整个手指裹紧，拴上棉线。十个手指都包裹好之后，我和姐姐有点束手就擒的感觉，母亲嘱咐着，不要乱动，赶紧躺下睡觉。

第二天早上起床，将手指上的棉线拆开，将裹着的叶子拿掉，原来本色的指甲变成了亮红亮红的指甲，无论如何洗，红指甲都不会褪色，直到新的指甲长出来。院子里染指甲的女孩子们，常常凑在一起，伸出各自的手指，叽叽喳喳地说笑着。即使在贫困的年代里，女孩子爱美的天性，通过红红的指甲，展现出来。如今，看到各种美甲术，涂抹、贴片、勾绘等，应有尽有，我总是会想起母亲亲手为我染上的、纯天然的、漂亮的红指甲。

入秋的时候，金簪花进入盛花期，指甲花也到了收获的季节。花茎上挂上了一排排肚子里装满种子的小灯笼，小灯笼的颜色由绿变黄，再到金黄，预示着灯笼里面，一粒粒种子的成熟，甚至到最后，灯笼炸开，一颗颗黑褐色的小圆球种子滚出来，散落到土里。每到这个时节，母亲会小心地摘下花籽苞，捡出花籽，挑出颗粒饱满的花籽，用纸包好，留作来年播撒。母亲还会将指甲花种，送给院里爱花的叔叔阿姨，相互交换彼此的花种，期待来年的鲜花满园。

读大学之后，母亲再也没有机会给我染指甲。然而，母亲还是年复一年地摆弄着她的花花草草，特别是她的指甲花。家属院成了棚户区，院子里住的人越来越少，只留下一些老人。母亲的小花坛，少有人问津，指甲花也不像往年，花朵越来越少，花开得越来越小。母亲摘下几朵花，开始自己给自己染红指甲，离开老屋之前，母亲一直延续着染红指甲的习惯。

每年回到家乡，搀扶着母亲，回到家属院走走，看看老屋，成为我回家乡的惯例。走近家属院，院内荒凉一片，老屋门前的小花坛，早已没有了昔日的模样。然而，指甲花，永远地留在了我的记忆中。

5. 面点师

随着生活水平的提高，生活节奏的加快，过春节也有了很多变化。大大小小的餐馆推出年夜饭，高中低档应有尽有，中餐西餐，川鲁粤淮扬等各种菜系，随你挑选，给人们提供了多种选择、更多便利。你甚至可以把厨师请到家里，做一桌丰盛的家宴。到了除夕，亲朋好友从四面八方汇聚在一起，在轻松愉悦的气氛中，大家边吃边聊，年夜饭在不知不觉中结束了。然而，我更怀念小时候的春节，虽然日子穷苦，但是年味更浓。

每到春节，家里才会有白面吃，也是在这个时候，母亲才可以尽兴地展示她独特的面食手艺。河南是中国的粮仓，是小麦的重要产区，河南人天然对面食有着独特的情感，春节面食的制作，家庭主妇们要比平常用心得多。作为河南人，虽然少年离开家乡，走过全国各个地方，吃过了各种米和面，还有各种面食，我还是最钟爱母亲做的面食。

在过年之前，母亲通常会备足花样繁多的年节面食。过年时，这些食物被用来敬天祭祖、走亲访友、招待客人以及犒劳家人。我和姐姐环绕在母亲的左右，看着母亲把一瓢瓢面粉，像变戏法一样，做出诱人可口的面食。

过年前一周，母亲首先要做的是蒸花糕。用多少面粉，加多少水和面，发酵需要多长时间，母亲一向胸有成竹，掌握得恰到好处。面团软硬程度，花糕大小形状，蒸煮时间长短，母亲能掐会算，从来没有失过手。和面需要力气，也需要技巧，或大或小的面团在母亲的手中，一揉一捏，变成了花瓣形状，母亲用筷子一夹一挤，将花瓣拼起来，一层层叠放起来，做出两到三层的花糕，寓意着新的一年节节高。母亲还用洗干净的剪刀，将揉好的面团剪成鱼的形状，预示着新的一年年年有余。揉捏好的花糕，稍醒片刻，便可以上锅蒸煮。冒着蒸汽的大蒸锅打开了，花糕和鱼可以出锅了，我和姐姐望着热气腾腾的馒头，个个白胖胖而富有光泽，用手指摁一下，松软而富于弹性。我和姐姐拍手称赞，接下来的一段时间里，可以不吃难以下咽的杂粮馒头了。

随后，母亲要炸馓子。母亲在面粉里放上一两个鸡蛋和一小把芝麻，一半面团放上盐，一半面团放上糖，分别做成咸和甜两种味道。首先，母亲将发好的面团放在大的案板上，用一根长1米左右的擀面杖反复地将面团擀成一张大大的、厚度均匀的面片，用刀切出长条形的面片，用小刀在面片上划三刀，两张面片叠在一起，从中间的切口处翻转成麻花状。然后，母亲架起油锅，开始炸馓子，油香扑鼻，伴随着吱吱的声音，馓子变成金黄色时捞出，沥净油脂，放在一旁。炸馓子是个细活儿，要在灶台上完成，火候也要合适。所以，母亲炸馓子一般选择在晚上，用小火，一锅一锅炸，不能着急，否则馓子焦糊，或半生不熟，影响了馓子的口感。母亲为此要忙到大半夜，第二天早上，放凉了的、黄灿灿的馓子堆成了小山，成为我小时候过年最好吃的点心。

大年初一早上，一家人还在睡梦中，母亲早早起来开始包饺子。通常在过年的时候，一家人才能吃上肉馅儿的饺子。母亲包的饺子小巧好看，薄皮大馅，像一个个元宝整齐地排着队，母亲包饺子又快又好，一家人起床了，母亲已经将煮好的热气腾腾的饺子端上桌。不经意间，有人惊喜地从饺子中吃出了一个硬币，原来母亲在包饺子的时候，悄悄地分别在几个饺子中，包入了一分、两分、五分的硬币。谁吃到了，就预示着谁来年运气好，有福气，欢声笑语在小屋里回荡。

母亲做面食，有着天生的灵感。面，在母亲手里简直被玩到了极致，面那么听她的话。春节做面食，母亲很是辛苦，没日没夜，但是母亲很高兴，精心细致地做着面食的每一道工序，丝毫不马虎，边做边说："细米白面，多好啊！"吃着母亲做的美味面食，一年之中最快乐的时间悄悄过去了，母亲在，家就在；母亲在，年味才在。

在母亲看来，有面吃，才有力气活下去；有白面馒头吃，就是幸福生活。所以，母亲对面格外珍惜，绝不浪费一丁点儿面。做面食时，撒在桌上、案板上的面粉，总是收拾得干干净净，煮面条饺子的汤，一丁点儿都不剩，还美其名曰，原汤化原食。曾经有一段时间，母亲找到了给粮店洗面袋子的零工。每次母亲从粮店把装面粉的面袋子拿回家，先把面袋子抖一抖，撒下来的面粉，母亲搓扫在一起，然后把面袋子浸在盛着清水的盆里，直到面袋子上粘的面，全部留在水里，最后，母亲才用肥皂把面袋子洗干净，晾晒干，交回粮店，挣一份零工钱，抖撒下来的面粉与清水盆里沉淀下来的面糊，混合在一起，母亲摊成的煎饼，简直就是人间美味。

闲暇时间里，照着母亲的样子，学做馒头。从细细的面粉到成型的面团，看似简单的活计，到了我手里，简直难以对付。细细的面粉，加上水之后，成了疙里疙瘩的面糊，怎么也揉不成光滑均匀的面团，母亲在电话里指导着我，"两瓢面，半碗水，一个时辰"。母亲没有准确的计量，全凭感觉，我变得无语，学做馒头的计划，也泡了汤。

　　随着社会的进步，生活水平的提高，做面食的原料和配料也悄然发生着变化。发酵粉替代了老面，母亲学会了用发酵粉蒸馒头，放多少发酵粉，水温是多少，醒多长时间，母亲很快掌握了诀窍。五谷杂粮成了健康食品，退休之后的母亲又学会了做发糕。白玉糕，是大米粉做的；黄金糕，是玉米粉做的；蓬松绵软的发糕上面，母亲还撒上了葡萄干、核桃仁、红枣之类的佐料，香甜可口。对面，母亲似乎有着与生俱来的感情，对面食制作，母亲乐不知疲，每天变着花样，给一家人做出美味面食。

6. 算卦

母亲信命，相信所谓的命运安排。算命打卦，母亲虔诚地相信算命先生的话。父母亲的婚约，是我的姥姥请算命先生算过生辰八字之后，成就的一桩好姻缘。算命先生说，母亲前半辈子受苦，后半辈子享福。算命先生的话，母亲牢牢地记在心里，还经常挂在嘴边，念念不忘。

在我小时候，为了照顾年迈的姥姥姥爷，母亲利用假期，每年都会带着我，如期回到母亲的家乡商丘。在短短的几天假期里，母亲照顾着瘫痪在床的姥爷，帮着姥姥处理棘手的家务事。做好了家事，母亲与老邻居聚在一起，神神秘秘地聊起算命先生。老邻居对母亲说，南门城墙外二十里地的村子里，有一个算命先生，算得可准了。据说，这位算命先生姓吴，盲人，人称"吴瞎子"，请他算命的人很多，他家门前常常排起长队。

料理好姥姥姥爷之后，母亲总会选择好日子，穿戴整齐，走很远的路，到吴瞎子家去求卦。然而，母亲从来都不带我去，让我在姥姥家好好待着。我总是眼巴巴地望着，心事重重的母亲急急忙忙地走出去，大约半天的时间，母亲兴冲冲地走回来，什么也不说，心中的难事似乎都有了答案。

几天之后，告别姥姥姥爷，我和母亲回到安阳。母亲又恢复了昔日的忙碌和辛劳。在接下来的日子里，我从母亲的言语中，知道了母亲向吴瞎子所讨教的问题，最近有无吉凶祸福？姥爷的病能否见好？姐姐谈的对象八字合不合？吴瞎子给母亲说的最多的话，也是母亲经常念叨的是，她命苦，前半辈子受苦，后半辈子享福。

从前家里穷，用母亲的话说，经常拆东墙补西墙。父母亲在不到 20 岁时，离开家乡到安阳做工，在工厂里做着最底层的、最简单的体力劳动，父母亲都是计件工，收入并不多。年迈的奶奶一直跟着我们生活，我和姐姐小时候体质弱，姥姥姥爷需要接济照顾。所以，在我大学毕业之前，家里几乎没有什么积蓄，甚至有的时候，父母的月工资不够花销，需要向邻居、同事借钱。母亲曾说，借钱是一件很难为情的事儿，不仅借钱之前，要用心掂量着向谁借、对方肯不肯借，还要精打细算，等下个月发了工资，一定先把借的钱还上。为此，母亲内心留下了很深的痛。

父母亲来到陌生的小城市工作，无依无靠，白手起家。身处陌生的环境，不善言谈、忠厚老实的父母亲，不惜力气地干活，从不求人，靠着勤劳的双手支撑着整个家，一辈子过着平淡平实的小日子。对曾经的异乡漂泊和孤独无助，母亲有着切身感受。对如今城市里的农民工、对来家里打扫的小时工阿姨、对看护小区的保安小哥，充满了同情，喜欢与他们拉家常。面对这些普普通通的外来打工者，母亲总是念叨着："打工苦，不容易啊！"

母亲默默地承受着劳作的辛苦、生活的艰难，以及老老小小对她和父亲的依靠。每当母亲累得睁不开眼的时候，打个盹就扛过去了；每当母亲饿得头晕眼花的时候，歇一歇就缓过来了。长期的繁重劳动，母亲的双手变了形，背压得直不起来，满脸的皱纹使母亲变得苍老。"苦尽甜来"的念想，就像前方的一盏灯，引领着她，召唤着她，虽然她并不知道，苦日子还有多长，艰难的路还要走多远。

姥姥姥爷去世之后，商丘老家少了至亲的人，母亲也很少回去了。偶尔，商丘的远房亲戚来到家里，母亲总是会打听算命先生吴瞎子。虽然吴瞎子死了，取而代之的是算命先生刘瞎子、李瞎子，但是母亲坚信，算命先生占卜的灵验。

母亲等来的福气，是我顺利大学毕业；母亲盼来的福气，是我有了稳定的工作；母亲眼中的福气，是我在北京安了家。逛过北京天安门，吃过北京的烤鸭，存着我过年过节给她的钱，穿着我从北京给她买回来的衣服和鞋袜，母亲说："现在的日子真好，跟以前相比，一个天上，一个地下！"这时候的母亲很知足，很享福。

我工作中做出点小成绩，科研攻关获得个小奖励，总是第一时间告知母亲，母亲听了，总是神秘而欣慰地对我说："算卦先生说了，你的命好着呢！"

淳朴的母亲经历了太多的苦难，却无法掌控自己的命运，但是，坚强的母亲一直努力地想摆脱苦难，改变自己的命运。在无助和矛盾之中，她选择了相信算命先生，让她在悲伤时憧憬快乐，困顿时变得平和。对于母亲算卦的爱好，我听之任之。找算命先生占卜，无疑是减轻母亲内心痛苦的一剂良药，从这个角度来说，我要感谢那位从未谋面的吴瞎子。

如今，母亲的幸福来了，可是，母亲却老了。母亲的福报，来得有些迟，如果确有命运之说、趋吉避凶之法，我希望母亲慢慢变老，幸福长长久久。

7. 慧眼

西游记里的孙悟空，练就了一双火眼金睛，能够识别妖魔鬼怪，与八戒、沙僧一起保护唐僧取回真经。这些当然只是神话传说，在母亲的人生路上，母亲真真正正练就了一双慧眼，保佑我生活平平安安，家庭和和美美。在母亲的眼里，我不管长多大，走多远，做着多么高深的学问研究，都永远是她的孩子。不管她自己经历了什么，吃了多少苦，受了多少罪，我的快乐，就是她的快乐。

在北京打拼多年，终于有了稳定的工作，温馨的小家。然而，父亲却在我能够尽孝的时候，因病去世。我不想再留下遗憾，将母亲接到北京来，与我们一家三口住在一起，让母亲安享天伦之乐。都市生活的快节奏，让母亲有些不适应，但是，一家人在一起热热闹闹，我和先生勤于工作，女儿学习进步，让母亲很欣慰。

母亲打起精神，尽力地改变着自己，帮我料理着一家人的生活。平日里，我和先生上班，女儿上学，三人早出晚归，母亲独自在家，只有到了晚上，一家人坐在一起，轻轻松松吃晚饭。我渐渐发现，母亲的话越来越少，察言观色的能力却越来越强。工作的大事小情和家庭的细枝末节，虽然没有给母亲一一解释，母亲也没有一一追问，但是母亲的心里却像明镜一样，什么都逃不过她的眼睛。

偶尔工作得不顺利，压力大，回到家时，为了不让母亲担心，我尽力敷衍，但是，母亲总能从我的神态、动作、说话的语气中，察觉到蛛丝马迹。母亲什么也不问，第二天从菜市场采购回来一大堆新鲜食材，自己忙活大半天，做好一大桌子我喜欢的饭菜，看到我吃得津津有味，母亲开始自言自语，人啊，不能与自己太较真，差不多就行了。这些话，像是对我说，又像是对她自己说。听了母亲的一席话，我沉默不语，心慢慢静下来了，情绪也渐渐调整过来了。在这之后，母亲像什么事情都没有发生过，继续忙着家务，而我常常会问自己，母亲是怎么看出来的？能掐会算吗？

偶尔与先生因为生活琐事，闹点小矛盾，虽然在母亲面前，两人都装作若无其事，竭力掩饰，然而，母亲却像是察觉到什么。在先生下班回到家时，问寒问暖，甚至会多问一句，路上堵车不？在一家人围在一起吃晚饭时，母亲不时地为先生加菜添饭，弄得先生反而不好意思，连连说，妈，我自己来。晚饭之后，母亲把我叫到一旁，悄悄对我说，姑爷性格好，改一改你的急脾气。在母亲的调和之下，我和先生的小矛盾，烟消云散。这件事情过后，我常常纳闷，母亲是怎么看出来的？火眼金睛吗？

周末，在家休息之余，我忙着收拾家里的杂物，打扫房间的卫生，在犄角旮旯处，旧衣物、饮料瓶、包装盒之类的废弃物，整理出来了一大堆，经过简单分类之后，准备放到小区的垃圾分类箱。母亲站在我旁边，边帮忙，边唠叨："都是花钱买的，好好的东西，都给扔了，可惜！"我边往外扔，边对她说："都是没用的杂物，堆在家里太乱，都扔出去。"母亲堵在门口，像坚强的卫士，态度十分坚决地说："你把杂物放那儿，我慢慢收拾。"奈何不了母亲，只好暂时收工。

关于家里废弃物的处置，几次与母亲不欢而散之后，我开始与母亲斗智斗勇。再整理完杂物时，我会先将准备丢弃的物品放在房门口，等早晨上班时，趁母亲不注意，悄悄地带到楼下，扔到垃圾箱里。心想，趁老妈不注意，先扔了！

万万没想到的是，到了晚上，下班回到家，扔下去的东西，又原封不动地回到了家中。询问母亲，母亲还是那句话，都是花钱买的，好好的东西，都给扔了，可惜。我的花招，没能逃过母亲的眼睛，面对母亲的坚持，我实在没招儿。

在这些废弃物品中，母亲分门别类进行了处置。一家三口穿旧的或不合脚的一双双鞋子，母亲擦洗干净，送给了小区保洁的阿姨和叔叔。女儿长高了，不再穿的棉袄，母亲裁裁剪剪，缝缝拼拼，做成了我书桌前椅子的坐垫。过时的短袖文化衫，用女儿穿小的裤子剪下来，拼成两个袖子，做成了一件时髦的长袖衫，母亲穿在身上，先生见了，问母亲："这么时髦的衣服，什么时候买的？"母亲笑而不语。

面对一大堆家里大大小小的旧衣服，母亲总能用她独特的眼光，找到可以再利用的价值，用她的巧手，拼接出比新买的衣服更实用舒适的衣服，或者家中的桌垫和靠垫。剩下的包装盒、旧挂历之类的纸制品，母亲会按照大小和厚薄，码整齐，打成捆，参加社区举行的环保活动，换回一包包环保垃圾袋。

不仅家里的废弃物，逃不过母亲的眼睛，得到回收利用，而且，母亲在小区里散步，邻居丢弃在花园的花草，也逃不过她的眼睛，母亲也会往家里捡。被丢弃的花草，枝叶干枯，少了生机，与花草有着天然亲近感的母亲，总能使得它们起死回生。母亲找来花盆，重新培土浇水，修剪养护，什么时间放在阴凉下，什么时间晒太阳，母亲都似乎估摸得十分准确。花草不仅起死回生，过了一段时间，开花了，母亲看着盛开的花，微笑着，脸上乐开了花，眼睛里放着光。

与母亲屡次摩擦之后，我只能甘拜下风。母亲对生活敏锐观察力、超乎常人的直觉和想象力，是我所不能及。也许是事业的压力，也许是工作的忙碌，我常常对平淡的生活感到索然无味，只要母亲在家时，我和家人总是能够通过母亲的慧眼，感受到生活的玄妙和乐趣，体会到生活的轻松和愉悦。

母亲的眼光，很温和，我和家人的快乐，就是她的快乐，母亲的眼光，很犀利，她告诫我和家人能够珍惜生活，珍惜一切。

8. 巧手

　　一个晴朗的春日下午，一位女友来家里喝茶。在客厅里，我们面对面坐着，面前的红木方桌上，几碟小点心，一壶绿茶。品茶闲聊，难得的慢时光。

　　几杯清茶喝下去，面前的中式红木桌椅，引起了女友的注意。一张方型桌，四把方形椅子，实木制成，天然纹理，造型简单。女友是做软装设计的，她仔细地用手抚一抚桌面，摸一摸椅子的扶手，不停地点着头。

　　女友特别注意到，椅子上的坐垫，顺手拿起一旁空着的椅子上的坐垫，对我说："整套桌椅不错，坐垫的颜色和花纹与桌椅很般配，做工也很精致！"按照中式红木家具的惯例，通常采用红色或黄色锦缎的坐垫，华贵亮丽。

　　四把椅子上的坐垫罩，是用纯棉布制成的，透气实用。深棕色的底色上，勾画着白色的百合花，简单大方，素雅自然。坐垫的三面插入椅子的卡槽里，与椅子的原木颜色很协调，人坐上面，踏实稳当。

　　我随手将坐垫拿起，把侧面的拉锁拉开，露出原有的红色锦缎。女友用手仔细地翻看着里面的锦缎，恍然明白，原来是在红色的锦缎外面，又严丝合缝地套上了一层外套，精细的剪裁，密实的手工，女友对我说，红木家具的坐套工艺复杂，如果是纯手工，实在难做，肯定价格不菲。

我告诉她，十多年前，我买这套红木桌椅时，在原有的坐垫上，我的母亲帮我做了新的坐垫罩，使用至今，完好如初，朋友赞叹道，真是巧手！

喝着茶，我给朋友讲起，母亲做四个坐垫罩的故事。

十几年前，我和先生在北京，有了自己的房子，完成了简单的中式装修之后，与先生一起，看了很多家红木家具店，最终看中了这套经济实惠的红木座椅，四把椅子上分别配有红色的锦缎坐垫，很是喜庆，我和先生十分满意，很快将桌椅买回家，放在客厅里，既当饭桌，又当茶桌，一举两用。

新家布置停当之后，请在老家的母亲来到北京，一起住。六十多岁的母亲，每天站在客厅里，弯下腰，用粗糙的手摸索着，发着亮光的红缎面坐垫，嘴里不停地说着："椅子坐垫真好看！这么好的料子，坐时间长了，脱丝怎么办？"母亲一会儿坐下去，一会儿又站起来，很不踏实。母亲觉得，这么金贵的坐垫，好看不中用。

坐脏了，不好拆洗；坐久了，绸缎会脱丝。

我安慰着母亲："好好坐着吧，坐垫坏了，再买新的。"

接下来的一个月里，母亲常常把硬硬的坐垫拿起来，看了又看，用手丈量着坐垫的尺寸，嘴里还念着数字。忙着上班的我，并没有在意母亲在想什么、要做什么。母亲早晨起得很早，径直去了家附近的早市，有时候拎回来一把青菜，有时候拎回来一些水果，过了几天，母亲像淘到了宝贝似的，从早市买回来大小不一的几块布头，洗洗干净，挂在阳台晾晒。接下来的几天，母亲在自己的房间里忙着。我晚上在自己的房间备课，不时听到母亲房间里，搁置已久的缝纫机又咔咔响起来，心想，母亲是闲不住的人，又要缝缝补补做针线了。

一个月之后的一天，下班回到家，母亲略显疲惫，却兴奋地招呼着我，把我叫到客厅，在椅子上坐下，兴奋地对我说："快来坐坐看，怎么样？"

我坐了下来，看到四个红色缎面的坐垫，全部变成了棕色印花的坐垫，缝得密密实实，服服帖帖，颜色花色是那么和谐、韵味浓郁。原来让人躁动的红色，变成了温馨的棕色，原来富有光泽的绸缎，变成了纹路清晰的纯棉布，小小的变化，让整个家更静雅、更平和。母亲做的，正是我想做却做不来的事情。我惊奇又佩服地望着母亲，拉着母亲弯曲的手，对母亲说："妈妈辛苦了！"

母亲告诉我，在离家不远的早市上，有卖碎布头的，母亲连着几天，光顾布摊，终于看到了图案和颜色合适的两块布头，几经讨价还价，花几元钱买了回来。比划着坐垫的尺寸，做成了四个坐垫套，家里旧衣服拆下来的几条废弃拉链也派上了用场，装在罩子上，便于拆下来换洗。母亲满足地看着自己的作品，很是兴奋，坐在自己缝制的坐垫上，对我说："这么难的针线活儿，我自己想想办法，竟然做成了！"忙碌了一个多月，母亲对自己做出的活儿很满意，用手反复抚摸着坐垫，舒心地笑了。从此，坐在椅子上，母亲再也不如坐针毡，而是那么安然踏实。

听了我的母亲的故事，女友羡慕地对我说，真是一位匠心巧手的好妈妈。是啊，母亲没研究过色彩搭配，却能从布摊上挑选出颜色和图案如此和谐的布料；母亲没学过算术几何，却丝毫不差地做出如此精细的针线活儿。感慨万千，想起小时候，没钱买玩具，母亲给我一针一线缝制的小布熊；过年时，母亲一剪一刀裁出的红色窗花。母亲的巧手匠心，总能给家人带来惊喜，使普普通通的生活，变得丰富多彩。

十多年过去了，每天坐在客厅的桌边，吃饭喝茶，总在不经意间，想起母亲做椅垫罩的经过。每每待在家中，我都是那么静心踏实，生活的简单美丽，家的温暖平和，在于家中一桌一椅的布置，一针一线的缝补，想着母亲的爱，学着母亲的样子，用勤劳的手，把生活过得有滋有味。

9. 大山

当我累了的时候，看一看母亲因长期劳作而变形的手指、弯曲的背，人过八十，依然闲不下来，做着自己喜欢做的针线活儿，我问自己，与母亲比起来，有什么累活儿，扛不过去呢？当我觉得不如意时，想想母亲日出而作，日落而息，快乐地过着每一天，我问自己，与母亲比起来，有什么过不去的坎儿呢？

为工作所累，为生活所困，生气、烦躁、消沉、苦闷等一切消极情绪袭来时，我总是迫不及待地要找寻到母亲，依偎在母亲弯曲的背上，听到她唠唠叨叨的话，看到她忙活着手里的针线，渐渐地，气消了，心安了，神定了，重新走入繁忙琐碎的工作和生活之中。

记得小时候家里穷，一件蓝罩衣，我从年头穿到年尾，不小心钩破了衣服，不敢告诉母亲，晚上掖在枕头底下，第二天起床，母亲已经将窟窿补好，绣成了一朵花，让我高兴地重新穿在了身上。读中学时，晚上在灯下看书，眼睛困乏了，将灶台上母亲早已备好的、一碗温热的鸡蛋羹吃下去，顿时来了精神，继续读书到深夜。

我一直觉得，有母亲在，就会有惊喜和希望。母亲朴素地认为，日子就是这样，有苦有难，生活原本就这样，只要今天比昨天好。也许母亲并不知道，惊喜和希望有多么遥远，她不怨天，不尤人，抬头看看天，低头走好路。母亲就像一座静穆的大山。

在我读高中时，我们一家五口，祖孙三代，住在不到三十平方米的两间低矮的平房里，正赶上父亲的单位在郊区盖了新楼房，如果父亲向单位申请，一家人的居住条件有望得到改善。父亲与母亲商量这件事，母亲思量再三，对父亲说："孩子上学要紧，先不住新房了。"

那时候，我在市重点中学读书，学校离家很近，骑车十分钟的路程，家里的房子虽然拥挤简陋，但是离学校近，按照现在的话说，就是黄金地段的学区房，如果搬到新房去，一家人居住条件改善了，但是我上学远了，骑自行车要一个小时的路程。在母亲的坚持下，一家人没有住新房，后来，我考上了大学，离开了家乡，父亲的单位不景气，家里再也没有机会和经济能力住上新房。

回忆起这段往事，母亲坦然地说，孩子学到本事，比金屋银屋都强。母亲认为，这是她一生中做出的最明智的决定，父母亲坦然接受，一家人没有住上新房，我考取了大学。虽然，我不能想象，住到又大又新的房子里，结

生命的心灯

果会是怎样？如今的我又会成为什么样的人？然而，读书比什么都重要，是母亲一辈子执着的念想，也成为我人生道路上永恒的追求。母亲就像一座高远的大山。

刚刚参加工作时，总有忙不完的事情，挣不够的钱，也似乎总是有漂泊不定的彷徨无助。与母亲聚少离多，定期与母亲的通话，对话的内容固定不变，母亲告诉我，只要有工作，有房住，有饭吃，就好，累了，就歇一歇。至于我能挣多少钱，有没有升迁，母亲从未有过要求，也从未提及过。我的女儿出生了，退休之后的母亲随叫随到，经常来往于北京和家乡之间，帮我将女儿带大。如今女儿在国外读书，常常想念宽厚温和的姥姥，越洋电话里，母亲微笑地听着女儿讲着她似懂非懂的事情，千叮咛万嘱咐的话还是，吃好饭，好好学习，累了，就歇一歇。母亲就像一座绵延的大山。

八十岁之后的母亲，每天最喜欢做的事情，就是坐在沙发上，回忆着从前的岁月。想起曾经的苦难时，母亲总是感恩今天的好日子。想起曾经帮助过她的人，母亲总是记得，一遍又一遍地念着人家的好。母亲衰老得越来越快，反应迟钝了，眼睛看不见了，走路需要人搀扶。然而，母亲给我的精神力量，却越来越强大。母亲就像一座高高的大山，拥抱着我，保佑着我。

10. 婆婆妈妈

我有两个非常爱我的妈妈，一个是母亲，一个是婆婆。

母亲爱我，是因为我是她身上掉下的肉；婆婆爱我，是因为她爱儿子，我是她儿子的妻子。

我的父亲和我的公公都早已去世，两位母亲身体硬朗，都已八十高龄，安享着晚年。

母亲大婆婆一岁，母亲是土生土长的北方人，朴实忠厚，婆婆是地地道道的南方人，细致干练。我很幸福，感受着质朴的母爱和细腻的婆婆爱。

两位母亲有很多相似之处。

她们都吃过很多苦。母亲生长于豫东小县城，21 岁时离开家乡到豫北小城工作，两年后才与我的父亲团聚，一起在异乡小城做工，为了照顾仍在小县城留守的姥姥姥爷，每年辗转于家乡和工作的小城之间，就像现在的农民工一样，往返奔波。婆婆生在江南农村，15 岁随着自己的母亲，领着两个年幼的妹妹——先生的两个小姨，到长江边的小城生活，打过不同的零工，就像现在的打工妹一样，吃尽了苦头。两位母亲，各自靠着勤劳的双手，在城市安家，养育儿女，如今子孙满堂，家庭和睦。

她们都是家里的老大。母亲是大姐，有两个弟弟，为了照顾两个弟弟的事业，母亲承担了更多的家庭重担，尽自己所能，接济照顾姥姥和姥爷的生活起居，一直到两位老人相继去世。婆婆是大姐，有两个妹妹，自己成家之后，还是把两个妹妹带在身边照顾，一直到她们嫁人，有了自己的小家。两位母亲，都竭尽全力，用自己并不丰满的羽翼，保护着身边的亲人，虽身为女儿身，却都颇具大将风范，是大家庭里的主心骨。

她们都识不了几个字。在旧社会中，由于传统的观念和家庭的经济条件，她们都没有识字读书的机会。中华人民共和国成立后，都赶上了工厂招工，有了工作，因为识字不多，都只能做着最底层的体力劳动，虽然上过几天的扫盲班，她们都识不了几个字，由于文化程度低，都工作和生活在社会的最底层。然而，两位母亲都十分敬重读书人，当自己的孩子们有了上学读书的机会时，好好上学、听老师的话，成为两位母亲对孩子们共同的嘱咐。在各自母亲的庇护下，我和先生都是家里最爱读书的人，也各自成为家中读书最多、学历最高的人，成为两位母亲的骄傲。

我和先生，像我们各自的母亲一样，来到更大的城市、更高的平台打拼。一次偶然的机会，我们相识相知，到结婚成家，没有媒人介绍、没有掐算生辰八字。我与先生的结合，可以说是门当户对。因为工作原因，我和先生与家人聚少离多，两位母亲能够见面的机会并不是很多。仅有的一两次见面，相似的经历、相似的家境，使得她们在一起有唠不完的家长里短，聊不断的感同身受。

两位母亲有很多不同之处。

母亲是典型的北方人，婆婆是地道的南方人。有一年的春天，受婆婆一家盛情邀约，接母亲来到江南小城婆婆家小住，虽然婆婆一家人非常热情，对母亲是好茶好饭招待，母亲却天天像得了重感冒，头也不舒服，身体也不舒服，浑身不自在。带母亲去医院检查，医生也没查出什么问题，只好带着母亲提前回家。婆婆很愧疚，没能招待好远道而来的贵客，可是母亲回到北方，到了自己的家，顿时来了精神，头也不疼了，身体也无恙了。

有一年的夏天，久居江南的婆婆计划来北京，到儿子的小家看一看。我和先生为婆婆的到来，做好了充分的准备，计划着留婆婆多住些日子。刚刚到北京，婆婆十分兴奋，逛过天安门、吃过烤鸭之后，婆婆就吵着要回去，在我和先生再三挽留之下，婆婆多住了两天，还是执意要回去，快言快语地说："北京有什么好？不像我们江南，有山有水。"我和先生对两位母亲的表现，从最初的不理解，到后来慢慢开始明白，一方水土养一方人，两位母亲早已习惯了自己家乡的生活。于是，与先生达成共识，尊重两位母亲的习惯，来去自由，随来随好，随走随送。

母亲寡言少语，婆婆伶牙俐齿。母亲话很少，偶尔开口，讲的是浓浓的河南话。家庭的聚会、亲戚间的走动，母亲总是那个话最少的人，她常常面带着微笑，听亲人们说着热闹的话，偶尔的发言，也是别人问她一句，她答一句。母亲喜欢独处，手中永远不停忙着，做饭、做针线、整理衣物。她对我和先生关爱的表达，常常是她亲手做的热腾腾的饭菜、新里新面的棉被和一双双密实的布鞋。

婆婆伶牙俐齿，善于说教，普通话讲得很好。对于孩子们的教育，特别是孙辈们的管教，婆婆晓之以理，动之以情，直到说得你哑口无言。婆婆喜欢刨根问底，无论家里的公公，还是先生的兄弟姐妹，还有下一代的孙女孙儿，大到工作事业、小到吃饭习惯，她都要打听得清清楚楚，而且是非分明，对的表扬，不对的批评。

年过七旬的两位母亲，体力和精力都不好了，帮她们分别请了小时工，每周帮着做一些家务。母亲喜欢河南来的阿姨，每周的打扫，母亲很期待阿姨的到来，阿姨干着清扫的事情，母亲做着手里的针线，两人时不时聊着天，母亲总是说，干活累了，歇一歇吧。于是，阿姨来家里，不是以干活为主，而是与母亲聊天为主。

婆婆家的小时工，在婆婆的调教下，家务活做得越来越好，婆婆常常跟在阿姨身后，手把手地教阿姨，如何使唤拖把，如何清扫犄角旮旯，如何高效擦窗户，阿姨的家政服务水平提高了很多，于是，婆婆家的小时工，换了一个又一个。

不一样的妈妈，一样的爱。我理解并接受两位妈妈如此多的不同，同时享受着两位妈妈给我无微不至的爱。两位可敬可爱的妈妈，让我们大家庭和睦兴旺，让我们的生活祥和安康，因为有爱就有一切。我心中默默祝福，两位耄耋老人健康快乐！

二、母亲的事迹

　　"她不但是我的母亲，而且是我的知友。我有许多话不敢同父亲说的，敢同她说；不能对朋友提的，能对她提。她有现代的头脑，稳静公平的接受现代的一切。她热烈的爱着'家'，以为一个美好的家庭，乃是一切幸福和力量的根源。"

　　　　　　　　　　　　——冰心《我的母亲》

1. 没有上过学的人

母亲没上过学，识不了几个字，也写不了几个字。

中华人民共和国成立前，母亲的爷爷从乡下来到商丘县城，做些木工零活儿谋生，靠着手艺养活一家人。母亲的父辈们有兄弟三人，都是木匠，刮拉凿砍锛，干的都是力气活儿。母亲是家中的老大，下面还有两个弟弟。母亲生活在一个大家庭里，母亲的爷爷是一家之主，男人们在外做木匠活儿，女人们在家操持家务，一大家子人的生活，勉强能够维持。母亲说，小时候很想读书，但是家里没有条件供她读书。

渴望读书的母亲，听说离家不远的教堂里，有一个高个子、白皮肤、黄头发的洋人，教人读书学经，跟着邻家小姐妹，一起跑去听讲。威严的爷爷知道了，跑到教堂，把母亲拽回家，锁住大门，再也不让母亲出门。至今，母亲记得爷爷说过的话，兵荒马乱的，女孩子别乱跑，老老实实待在家里。从此，母亲再也不敢出门，天天跟着我的姥姥，为一大家人烧火做饭。

母亲的大弟，我的大舅，是大家庭的长孙，母亲的爷爷一心将木匠手艺传给他，可是大舅身单力弱，干木匠活儿总是挨骂，母亲的爷爷不得已，才将大舅送到学堂读书。为此，母亲每天很羡慕地看着大舅出门去上学，盼着他放学回来，给她讲学堂里的事情。大舅读书很好，成为母亲娘家最有文化的人，参加工作后，当上了热电厂的化验员，母亲很为大舅骄傲，常常挂在嘴边，夸奖大舅。直到中华人民共和国成立后，母亲才有了机会，参加扫盲班，识了几个字。

没有上学读书，成为母亲一辈子的遗憾。让母亲欣慰的是，进入新社会，她的两个女儿有了上学的机会，能够识字读书。尤其是我，从小时候起，痴迷于读书，只要有书看，饭可以不吃，觉可以不睡。每当夜深人静时，我在昏暗的灯下读书，母亲坐在旁边，静静地做着针线，偶尔抬起头，望一望我，接着低头做她的针线，一直陪我到深夜，我很享受有母亲静静陪伴的读书时光。

父母亲识字不多，对于读书学习，给我提供不了任何的帮助指导，而是任由我学，任由我读。从早到晚，我不为纷杂所扰，捧着书读，沉浸在自己的世界里。母亲平静地接受着我有些痴、有些呆的所作所为，还时不时地念叨着，闺女啥都不中，就是会念书写字。母亲的语气中，没有丝毫的担心，也没有刻意的炫耀。在母亲的念叨声中，我读完了本科，读硕士，一直到博士毕业，而后教书工作，从一所大学到另一所大学。

也许是多年的爱好使然，也许是职业所限，在我的工作和生活中，读书和上学，成为最常见的课题和话题。亲戚朋友登门做客，寒暄客套之后，聊的大多是育儿心得，孩子上学的事儿，学生读书的事儿，老师教学的事儿。坐在一旁的母亲，为客人端茶倒水，从不插话，微笑地看着我们，安静地听着我们开心尽兴地交谈。客人们走后，母亲总是嘱咐我，孩子读书不容易，你一定要帮忙。

因为识字不多，母亲与高深难懂的书无缘，母亲唯一读过的、至今还在读的书，是一个薄薄小册子，严格来讲，这个小册子，并不是真正意义上的书。

几年前，母亲在北京小住，每天晚饭之后，我的先生练习书法，我的女儿写作业，我备课批改作业，是家中的常态。收拾完家务的母亲，从女儿的房间，转到我的房间，再到先生的房间，母亲自言自语说，还是读书写字好！

过了几天，母亲像我们三人一样，戴着老花镜，捧起了一本薄薄的小册子，也读了起来，母亲把书页翻过来，翻过去，还不时地向正在上小学的女儿讨教，这个字怎么念，那个字什么意思。女儿很乐意当母亲的小老师，一字一句地念给母亲听。

我好奇地拿起母亲手里的小册子，是一本万年历，薄薄的，只有几页纸，字体很大，印刷和装订很是粗糙，里面写着生辰八字、黄道吉日、吉凶祸福之类的内容。母亲告诉我，她花了一元钱，从菜市场里的杂货摊上买回来的。

我翻看着，不屑地说："这叫什么书？"

母亲神秘地对我说："这本书里讲的话，很灵验呢！"

自从母亲有了自己的书，每天晚上，在常规的读书时间里，一家四口人，各自读着各自的书。母亲从抽屉里拿出她的小册子，很虔诚地打开书，很吃力地去识每一个字，一遍又一遍地读每一句话，还不时地停下来，掐算着黄道吉日，预测着旦夕祸福，默默地祈祷着，家人能够避免灾祸，平平安安。

母亲认识的字不多，会写的字更是有限。母亲电话本里的姓名，是母亲会写的字的全部，包括她自己的名字，我、姐姐、大舅、小舅和她的几个老朋友的名字，以及相应的电话号码。母亲的电话本，是女儿废弃不用的小记事本。在小记事本上，写下所有家人朋友的名字，对母亲而言，是天大的事，耗时又耗力，远比她做家务、做针线难得多，但是母亲执意自己写，不要任何人帮忙写。

母亲拿起女儿的铅笔，一横一竖地写出每一位亲人朋友的名字和电话号码，写完之后，大声地念了一遍又一遍，一个字一个字检查，生怕写错了。母亲写出的字，很大很圆，歪歪扭扭，像一个个东倒西歪的胖娃娃，但是，每一笔，每一划，是母亲用尽全身力气写出的。逢年过节，母亲翻看着自己的电话本，嘴里念着一个个数字，给亲戚朋友拨打电话，每一个接通的电话，都让母亲异常兴奋，开心地与对方聊着熟悉的家常，送上暖心的祝福。

曾经年少轻狂的我，常常羞于谈起没有上过学的母亲。人到中年，我越来越爱识字不多的母亲，并骄傲地向他人讲起母亲。我变得越来越依恋母亲，与母亲面对面坐卜，听她静静地聊上几句，我就会释然许多，开朗许多，知足许多。因为母亲是我永远都读不完的书。她不仅给予了我生命，养育了我，而且，她用行动告诉我，吃亏是福，苦尽甜来，要走正路；她用灿烂的笑告诉我，与人为善，感恩他人；她用沉默告诉我，困难要自己扛。

2. 休年假的人

八十岁之后的母亲，对于当下的事情，忘性大，常常记不清楚，然而，年轻时经历的苦难，还有在苦难之中帮助过她的人，她却记得真真切切，反反复复讲给我听。帮助过母亲的人之中，有一个被母亲称作"菜饼"的人。

"菜饼"是母亲小时候的邻居大叔，至今母亲不知道对方的尊姓大名，街坊邻里都这么叫他，母亲也就牢牢记住了他的称号。"菜饼"在商丘县城的火柴厂工作，平时与我的姥姥家来往并不多。母亲十八岁那年的一天，母亲与姥姥一起走在县城的街上，碰见了"菜饼"，相互打招呼之后，"菜饼"问了母亲的年龄，他对姥姥说，厂里招工，闺女年龄正合适，去报名吧！于是，母亲参加了火柴厂的招工，成了火柴厂一名装火柴梗的女工。

母亲经常说，要不是"菜饼"，我怎么会有工作？

在商丘火柴厂工作两年之后，随着河南省内几个地市火柴厂的合并，新婚不久的母亲，告别亲人，只身一人，响应号召，离开家乡，来到安阳，在安阳火柴厂的车间里，继续做着装火柴梗的体力劳动，一直工作到退休。母亲很知足，永远记住了邻居"菜饼"大叔对她的帮助。

每次听到母亲说起"菜饼"，我也在想，如果没有"菜饼"，母亲的命运又会怎样？

大约两年之后，父亲从商丘调到安阳，在安阳印刷厂当工人，与母亲团聚，两人在陌生的小城安家，像如今不断涌入大城市打拼的年轻人一样，一起开始了在异乡的谋生。爷爷去世后，父亲将奶奶接到家里，而后姐姐和我相继出生，一家五口靠着父母亲微薄的工资收入，艰难度日。父母亲还时时牵挂着远在商丘老家的姥姥姥爷，每月定期给老家的亲人写信寄钱。

那时候，母亲在工厂车间从事着繁重的体力劳动，工作时间是早、中、晚三班倒。母亲至今记得，一个火柴盒装 30 根火柴，一个长方形的木盘里可以放 50 个火柴盒，装满一盘的火柴盒，可以挣到 7 分钱。母亲是计件工，每个月能挣到几块钱的工资，加上父亲的工资，家里的日子还是过得紧巴巴。母亲不敢请假，不敢生病，每天照常上班，强打起精神，拼尽了力气，为的是能多装几盒火柴，多挣几分钱。母亲对自己一辈子所从事的工作评价说，操心大，活儿沉。

小时候的我，每天守在家里，期盼着母亲下班回家，当母亲拖着疲惫的身体，回到家里，我喜欢紧紧地抱着母亲，闭上眼睛，闻着母亲身上熟悉的火柴味道，感觉自己就像那个卖火柴的小女孩儿，沐浴着微弱的、黄黄的、飘动的火柴微光，在母亲温暖的怀抱里，我是那么舒服踏实。

大约在我五岁时，远在老家的姥爷生病了，瘫痪在床，再也做不了他干了一辈子的木匠活儿，姥姥没有工作，两位老人生活陷入了困境。大舅远在洛阳热电厂，小舅在部队当兵，他们都因工作需要，不能回去照顾姥爷。一边是艰难度日的一家老小，一边是无依无靠的年迈双亲，母亲陷入两难境地。

为了能够回老家照顾生病的姥爷，替年迈的姥姥分忧，母亲没有请假，而是在每年规定的十天年假里，在不影响正常工作的条件下，带着尚未成年的我，回到老家，临时照顾卧病在床的姥爷，帮助姥姥处理一些家事。从姥爷生病到去世的十年时间里，我随同母亲，在每年固定的时间里，来往于商丘与安阳之间，母亲上班挣钱，又照顾老人，一直到姥爷去世。虽然奔波劳顿，但是母亲没有额外请过一天假。

那个时候，交通不便，来往于两地之间，我和母亲要坐很长时间的火车，而且每次都是到了深夜，在郑州火车站转车，漆黑的郑州火车站广场，几乎没有人走动，寂寞的路灯下，留下了母亲长长的身影，还有我小小的身影。

回老家的路途是艰辛的，到了老家的感觉是美好的，母亲的到来，给姥姥和姥爷带来莫大的慰藉，给老家的亲戚朋友们带来热闹的团聚。大姥爷、二姥爷、小姨、小舅等大家庭里的亲戚们，得知母亲来了，纷纷聚在姥姥家里，亲亲热热在一起，聊着家常。母亲是家中的老大，也是同辈分中的长姐，母亲对老人的孝心、对亲戚们的关心，得到了大家的尊敬。

随后的几天，母亲忙着替姥姥分忧，悉心照顾姥爷，亲戚们挨家轮流把我带到他们的家中，好吃好喝地招待，问寒问暖，对我百般呵护，让我感受到大家庭的热闹和温暖。我的到来，总能引来大家庭里一大帮同龄的孩子们，不论辈分，不论大小，在一起玩得很开心，去古城墙上翻跟头，到护城河里去捉鱼，到田里去掰玉米，甚至爬上邻家墙头，去摘还未熟透的石榴。

母亲的家乡，天是蓝的，水是清的，草是绿的，一切都是那么美好，让我暂时忘却了之前在安阳的日子里，父母的无助与忙碌，以及我和姐姐的卑微与孤独。短短的十天过去了，母亲要回去上班了，我玩疯了，不愿意回去，与小伙伴相约，明年再来。短短的 10 天时间，成为我一年当中最美好快乐的日子，我却丝毫没有体会到，母亲身体的疲惫和内心的愁苦，以及姥姥姥爷的不舍。

等我做了母亲，承受着工作和生活的双重压力时，我才真正理解到，母亲短短的十天年假，是母亲的受难日，而不是母亲的快乐假期。然而，我从未在母亲脸上看到愁苦和悲伤，母亲只是一年又一年地，平日里，在安阳按时上班，在假期里，回商丘照顾姥姥和姥爷，如此往复。也许是在异乡漂泊太久，也许是苦难印记太深，如今的母亲，看到身边的外来打工者，小区执勤的保安、马路上扫地的清洁工、菜市场买菜的大嫂等等，总是喜欢停下脚步，与他们说说话，唠唠家常。

现在，日子好了，交通方便了，我希望母亲当年的愁苦换来今天的快乐，我珍惜每一次与母亲团聚的日子，我像母亲一样，尊重每一位奔波在外的打工者。

3. 闲不住的人

母亲每时每刻都在忙碌着，从晨曦微露到日落西山，甚至到月明星稀的夜晚，几乎看不到她闲下来的时候，母亲似乎永远不知道什么是累。

在我离开家乡到外读书之前，母亲是家里最操劳的人。每天清晨，起床最早的人是母亲，等一家人起床的时候，母亲已经将热气腾腾的早饭做好。如果母亲上早班，她会提前把一家人的早饭做好、捂热，然后去上班。晚上睡得最晚的是母亲，忙完一天的工作，母亲还要在晚上做针线活，为一家人缝补衣服、纳鞋底。尤其是在春节前夕，一家人的新衣和新鞋，是母亲亲手缝制，还有过年的花糕和饺子，是母亲亲手蒸煮，母亲常常熬到很晚，浓浓的年味，在母亲的忙碌中慢慢酿成。

我考上了大学，成为家属院里的第一个大学生，一家人欣喜之余，开始为高额的费用发愁。刚刚退休的母亲，却无法安享晚年，为了供我读书，母亲推着父亲做的小推车，开始走街串巷，夏天卖冰棍，冬天卖酥糖。冰棍和酥糖是从食品厂批发的，卖出一根冰棍，可以挣到五分钱，卖出一根酥糖，可以挣到一角钱，遇到天气不好的时候，一根也卖不出去，挣不到一分钱。在外读书的我，全然不知，每个月都能够按时收到父母亲寄来的足额生活费。为了让我安心读书，家里人瞒着我，直到我大学毕业之后，我才知道了真相。每天东奔西跑、沿街叫卖的母亲，脸晒黑了，头发吹乱了，但是母亲有盼头，只要女儿好，她就好。

大学毕业之后，我有了工作，可以挣钱养家了，紧巴巴的日子过去了，母亲再也不用为家里的柴米油盐算计，再也不必过紧衣缩食的日子。姐姐的儿子，还有我的女儿，相继出生，本可以歇息的母亲，为了让姐姐和我安心工作，承担起料理家务和照看孩子的担子，两个孩子健康成长，母亲在忙碌的同时，享受着隔辈之亲、天伦之乐。只要孩子好，她就好。如今，母亲一手带大的两个孩子，先后出国留学。母亲独自待在家中的时间越来越多，常常一个人在空空的家里，从这个房间走到另一个房间，踱来踱去，越来越喜欢自己和自己说话，母亲闲下来的时间有了，独处的时间有了，母亲却老了。

在纷杂喧闹的世界里，母亲静听着他人的故事，低头做着自己的事情，过着自己的小日子。母亲似乎总在寻找着属于她自己的空间，求得内心的安宁。

小时候，我们一家人居住在嘈杂的工厂家属院里。妈妈们聚在一起，聊一聊东家长西家短，说一说养育孩子的真经宝典，这似乎是大院里妈妈们的共同嗜好，却很少看见母亲参与其中，更不必说夫妻之间、邻里之间的争吵，更是与母亲无缘。家里来了客人，简短的寒暄之后，母亲微笑着招呼客人喝茶吃饭，静静地听客人讲话。即便是在最热闹的亲朋聚会中，母亲肯定是最安静的那一位，静静地坐着，静静地听他人说话。亲戚或朋友问她一句，她答一句，从来不喜欢多问话，更不喜欢打听别人的私事。

　　忙完了一天的劳作，到了晚上，偶有片刻的闲暇，母亲喜欢一个人坐着，手托着下巴，眼睛望着窗外。虽然夜色昏暗，凝神的母亲好像望到了很远的地方，看到了很美的景色。发黄的墙壁上，映射出母亲微微弯曲的身影，光影分明，黑白映衬，是一幅很美的剪影，永远定格在我的心中。这一刻，母亲属于她自己。

　　每到这个时候，小小年纪的我，常常不敢靠近母亲，而是远远地望着母亲。母亲在想老家的姥姥姥爷？想家里还有没有余粮？还是我做错了事情，让母亲为难？我猜不透母亲的心思，在这一刻，我变得很乖，不忍打扰母亲，让母亲独自享用她片刻的宁静。

　　我常常胡思乱想，也许母亲应该投胎于一个富裕人家，过着衣食无忧的生活，"懒起画蛾眉，弄妆梳洗迟"，想必一定是母亲喜欢的。也许母亲，应该生在一个书香门第之家，"处则充栋宇，出则汗牛马"，读书赋诗，想必一定是母亲喜欢的。也许母亲，不应该有我和姐姐两个体弱多病的孩子……然而，现实世界中，没有"也许"，母亲无法选择生活，却选择了怎样面对生活，心存希望，坦然从容。

　　母亲为了家，为了两个女儿，为了女儿的孩子，忙碌了一生，操劳了一生，母亲却说，她很有福气，一辈子很值！我理解母亲，我们的幸福，就是她的幸福，我们的快乐，就是她的快乐，我们就是她的一切！

4. 死过一回的人

与母亲在一起吃饭，餐桌上，无论是简单的家常菜，还是丰盛的鸡鸭鱼肉；吃饭地点，无论是在家里，还是装饰讲究的餐厅；吃饭的人，无论是熟悉的家人，还是母亲初次见面的客人。每次就餐之后，望着餐桌上剩下的一粒米、一块肉、一口汤，母亲少了平日的温和，没了她惯有的微笑，严肃地当着大家的面，用比平时高很多的调门，大声地对大家说，细米白面，是大风刮来的？可惜啊！母亲边说，边收拾着残羹剩饭，招呼大家，打包带走。

在餐桌上，母亲从不给我留面子，从不给我台阶下。为此，我没少与母亲发生争执，摆出一大堆科学道理和健康常识，告诉母亲，吃撑了对身体不好，哪些剩菜能隔夜吃、哪些菜不能隔夜吃。对于我的劝慰和说教，母亲当面表示同意，背后却舍不得倒掉剩菜，直到将剩菜吃完为止。母亲不仅我行我素，而且经常给一家人讲述她所经历的三年大饥荒。

大饥荒的场景，母亲每次讲起来的时候，总是表情

生命的心灯

凝重，不堪回首的苦难似乎就在眼前。那时，二十多岁的父母亲，刚刚在异乡安家，我的姐姐刚刚出生不久，不到周岁，年迈的奶奶在老家生活艰难，来到安阳与父母亲同住，帮着母亲照顾年幼的姐姐。在工厂做着重体力活的父母亲，粮食定量供应，每人每月只有三十二斤粮食，两个人的口粮加在一起，根本填不饱一家人的肚子。

母亲是家里的主要劳动力，在工厂是计件工，靠体力挣工资，经常吃不饱饭，体力不支，根本没有奶水喂养我的姐姐，只能熬些米汤给她喝。吃不到奶水的姐姐，常常啼哭不止，因为营养不良，长到两岁多才会走路。厂里食堂给职工改善伙食，有包子买，母亲自己买一个杂面馒头吃，再买一个包子，小心翼翼包好，带回家给奶奶吃，告诉奶奶："在食堂吃过了，包子好吃！"

奶奶听说母亲所在的工厂里，车间大门所挂的棉帘子需要拆洗，拆洗一个棉帘子，可以挣到几分钱。奶奶与母亲商量，把这活儿揽了下来。奶奶在家一边照顾姐姐，一边拆洗棉帘子。满是油污的帘子，又厚又重，奶奶费尽力气，一个个拆开，洗干净，又缝补好，送到工厂。奶奶饿得头晕，不吭气，做累了，倚着门框靠一会儿，闭上眼睛歇一歇，站起来继续做。

母亲回忆说，奶奶人好，跟着我们一家吃了不少苦。

奶奶用拆洗棉帘子挣回来的钱，在家旁边的小卖部，给母亲买几块糖，对母亲说："车间里的活儿重，饿了就吃块糖。"

不久，在上班的路上，母亲开始头晕，头重脚轻，站不稳，母亲忍一忍，停一停，继续往前走，按时去上班。到了厂里，母亲提着精神，拼命干活，全然忘记了饥饿和劳累，为的是多装几盒火柴，多挣些钱，尽力让一家人能够吃饱饭。后来，母亲开始感冒发烧，仍然坚持上班，却晕倒在车间里，被人送进厂里的医疗室，医生经过检查，母亲得了肺结核，必须马上送医院。母亲住进医院之后，躺在病床上，望着惨白的天花板，更着急了，少了经济来源，家里的老人和孩子怎么办？面对生病的现实，母亲只好配合治疗，在住院的一个月里，母亲度日如年。

出院的当天，父亲还在厂里忙着上班，母亲一个人朝着家的方向走去，回家的心是那么急切，回家的路似乎那么遥远。虽然医生治好了母亲的病，但是母亲的身体还很虚弱，走几步，歇几步，走走停停，半个小时过去了，母亲实在走不动了，坐在路边上，喘着气，冒着虚汗，平复着急促的心跳。

这时候，路旁边走来一个农民模样的人，用布包裹着几个玉米，悄声问母亲，买不买玉米？想必在那个年代，他是想用地里的玉米，偷偷换到一些钱。

那人的布包里，几根玉米包裹在几片还在泛绿的叶子中，黄澄澄的玉米，格外鲜亮，带着露水的清香，玉米不长，短短的，像饥荒的人们一样，瘦瘦小小的。母亲慢慢蹲下来，在布包里翻动着，左挑右选，花一角钱，买了一根玉米，准备带回去给姐姐和奶奶吃。

手里拿着这根玉米，想着家里人，母亲心里一阵喜悦，母亲快速起身，准备迈步回家，突然眼前一黑，母亲头晕目眩，差一点儿又要晕倒，母亲摸索着，扶着路旁的电线杆，在路边坐了下来。这时候，母亲肚里咕咕叫，饿得心发慌，实在走不动了。望着手里的玉米，母亲犹豫了很久。

母亲心想，我不能死！千万不能死！要活下去！我死了，孩子和老娘怎么办？有了这个念想，母亲把玉米放在嘴边，几口就吃了下去。这根短短的玉米，救了母亲的命。这根短短的玉米，也是唯一一次母亲买给自己的营养品。

母亲总是说，过去的饥荒年，饿死多少人，现在的人，只有撑死的，没有饿死的。

经历了艰难岁月，母亲和一家老小艰难地挺了过来。逃过生死劫难，母亲对每粒粮食都充满了敬畏。家里买来了各种各样的米和面，母亲捧在手里，眼里闪着光，脸上洋溢着丰收的微笑。在寻常日子里，母亲揉搓着面团，把弄着擀面杖，给一家人做出可口饭菜同时，让一家人不断增强力量，获得希望。

在母亲的影响下，在家吃饭，有着不成文的规矩。饭桌上，盛到碗里的饭菜，必须吃干净；掉到饭桌上的饭粒，必须捡起来；蒸饭的锅巴、煮面的清汤，不允许倒掉。即使对于她所宠爱的孙辈，挂在嘴角的饭粒、吃剩的点心，用小手捡起来，放进嘴里，必须吃下去，如果浪费粮食，是绝对不可以原谅的。

"口腹之欲，何穷之有，每加节俭，亦是惜福延寿之道。"母亲用自己的一言一行，践行着朴素的人生哲理。

5. 走上讲台的人

无论过去还是现在，中小学的家长会，都是学校定期举办的重要活动，是学校老师、学生及家长们进行互动交流的重要形式。因为孩子，家长和学校之间建立起了一个沟通的桥梁。

学生时代的我，总是很期待父母亲能按时参加每一学年的家长会。因为，父母埋头工作，挣得工资，让一家老小吃饱穿暖，是家里的头等大事。至于我在学校里表现如何、读书好不好、考试成绩如何，父母没有时间过问，更没有能力加以监督。虽然我属于品学兼优的好学生，很让父母省心，但是，我很希望父母亲能够来到学校，了解我在学校的表现，亲耳听到老师对我的表扬。

每次班主任老师宣布了家长会的通知，我都把它作为喜讯，及时告知父母亲，父亲从来都不过问我读书的事情，我只好央求母亲。母亲的应允，总是让我倍感兴奋，而且像期待一场盛宴一样，盼望着。每次开家长会之前，我一遍又一遍地告诉母亲，在什么时间、在哪个教室，生怕忙碌的母亲忘记时间，进错教室。家长会，通常安排在我所在的班级教室里进行。在家长会上，老师的表扬，是我对日夜操劳的母亲最好的回报。

　　每年一次的家长会，都是母亲参加，也是母亲唯一一次去学校的机会，除此之外，父母亲从来不去学校，不找老师打听我的学习情况，不请老师对我多加管教。对母亲来说，参加家长会，是一个隆重的仪式。母亲总是穿戴得整整齐齐，早早来到学校，给各位老师恭敬地鞠躬，小心地向老师们问好，然后在教室中找到我的座位，安静地坐在座位上，听每一位老师讲着学校的情况、班级情况、同学们的学习成绩等等。如此多的信息量，母亲似乎听不太懂，也记不太清楚，但是母亲很庄重地看着讲台，很认真地听着。凡是提到我的信息，母亲一字一句地记得清清楚楚。

　　从小对学堂充满向往的母亲，通过家长会，在校园里看一看，在教室里坐一坐，听一听老师们的讲话，似乎圆了她儿时的梦想。而且，在每一次家长会上，都能听到老师对她女儿的表扬，母亲很是欣慰。家长会结束之后，母亲远远地等待着，直到班主任老师解答完所有问题、簇拥的家长们散去之后，母亲恭恭敬敬地给班主任老师打声招呼，最后一个离开学校。

　　家长会之后，等母亲回到家，我总是迫不及待地问母亲："老师都讲啥？"

母亲高兴地告诉我："老师又表扬你了！"

母亲兴奋地说："学校老师真了不起，懂那么多知识，讲起话来那么好听，学校真好！"

在我读高中时，一次家长会，对母亲来说，非同寻常，这次家长会让母亲记忆犹新，成为一个母亲永远唠叨的话题。

高中一年级时，班上转过来一位男生，暂且称他为同学 F，听说他是从河南其他城市的中学转来的，由于父母工作调动来到安阳。同学 F，平时独来独往，很少与班上同学来往，课堂上，安静读书，安静听讲，很少举手发言。在那个年代，男女同学之间很少讲话，又各自忙于功课，我对同学 F 了解不多，对他的家庭背景更是知之甚少。

高中二年级时，家长会如期举行。由于面临高考，关系到同学们的升学问题，家长们都很重视，我和几位同学帮助班主任老师，把每一位同学的作业本和各科试卷，整齐地摆放在各自的课桌上。母亲和其他家长们陆续来到教室里，找到自己孩子的座位坐下，认真翻看着课桌上的作业本和试卷。

家长会开始了，教室里面的气氛有些凝重，每一位家长很认真地听讲，甚至做着笔记。同学 F 的母亲来晚了，悄悄坐在他的座位上，静静听台上的老师讲话。家长会的最后部分，是家长与老师的互动环节，有些家长走上去，向班主任请教；坐在座位上的家长们，也相互交流起来。突然，有位家长看到了同学 F 的母亲，兴奋地喊起来："我们的女市长来了！"家长们纷纷围拢过来，与女市长打招呼、握手。

　　站在教室后面的我，还有我的几个同学，这时候才第一次知道，同学 F 的母亲是市长，我们的"父母官"。与同学 F 同班一年多，我竟然不知道他的母亲是这么大的干部，惊讶之余，佩服同学 F 的低调和谦逊。这时候，教室里有些混乱，班主任老师对家长们说："各位家长请安静一下，请我们的市长给我们讲话！"

　　在一片掌声中，同学 F 的母亲、我们的女市长，站了起来，走到我母亲身旁，温和地对我的母亲说："班主任老师刚刚讲到，你家的孩子学习那么好，您是怎么教育孩子的？请上台给家长们介绍介绍经验吧。"然后，她带头鼓起掌来，欢迎我的母亲上台讲话。

　　在家长们雷鸣般的掌声中，我的母亲微红着脸，有些慌乱地走上讲台，面对着台下的家长们，定了定神，母亲说："我和孩子她爸都没有文化，只管她吃饱穿暖，谈不上教育，学习的事情，全靠学校老师教育，谢谢老师们！"

说完这几句话，母亲向站在讲台旁的班主任老师深深地鞠了一躬，然后走下讲台，母亲简单朴素的话语，再次博得了家长们热烈的掌声。

家长会结束了，像班上的其他同学们一样，我继续着苦读的日子，也没有与同学 F 太多的接触和交往，高中毕业之后，我们分别考入不同的大学，从此天各一方，忙于各自的工作和生活。母亲却永远记住了这次难忘的家长会。

三尺讲台之上，母亲讲过话的地方，在我的心目中，变得如此神圣，那是让母亲骄傲的地方，是母亲赢得尊重的地方。从此，成为一名教师，站在讲台上，赢得骄傲和尊重，成为我一生追求的目标。

6. 异乡人

母亲的生命轨迹始于河南商丘县城。她在那里出生，长大，十八岁到工厂做工，二十岁出嫁，二十一岁独自离开家乡，来到陌生的小城安阳，两年后才与父亲团聚，在安阳安家，养育姐姐和我长大成人，在工厂辛苦工作，一直到退休，如今，母亲来在北京，与我生活在一起。从年轻时，无知无畏地走出家乡，到年老时，无欲无求地生活在女儿的身边。我的母亲是一个异乡人。

在商丘老家，儿时的母亲生活在一个匠人大家庭里，我的太姥爷是一家之主，姥爷在兄弟三中，排行老大，三兄弟都是木匠，在县城开着木匠铺子，为邻里乡亲打家具，做木头雕刻。因为一家人老实本分，在商丘县城的南门附近一带，口碑很好，一家人的生活还算过得去。姥爷作为家里的长子，本分老实，手艺最好。我见过姥爷做过的点心模子，在质地坚硬的木头上，刻有福禄寿禧的字样、夏荷秋菊的图案等等，刀法细腻，花纹精美。

在十几口人的大家庭里，母亲是同辈人中的老大，从小帮着姥姥做家务，却得不到太姥爷的宠爱，在男尊

生命的心灯

女卑的旧社会里，家里有好吃的，要让给同辈中的弟弟们，读书的机会，也是先让弟弟们去。长到十多岁的母亲，特别懂事能干，烧火做饭，洗衣做针线，样样行，深得姥姥和姥爷的疼爱。母亲到了出嫁的年龄，姥姥提出的唯一要求是闺女不远嫁。经媒婆提亲，结识了父亲一家人，父亲的家离姥姥家很近，只隔着一条街，也是忠厚老实人家，姥姥姥爷就应了这门亲事。

世事难料，新婚不久的母亲，由于工作的原因，离开了老家，从此与姥姥和姥爷相隔两地。艰难度日的岁月里，父母亲从每月微薄的工资中，省出来几块钱，按期给远在老家的亲人寄去，只能在来往的书信中，讲述着对亲人的牵挂和思念。后来，在姥爷瘫痪在床的十年里，母亲拖拽着我，把姐姐留在家里，风尘仆仆地往返于商丘和安阳之间，那时候坐火车费钱又费时，无论多么曲折，都挡不住母亲回乡的路。

虽然从二十一岁离开商丘老家之后，母亲回老家的日子是短暂的，与亲人的离别是伤感的，但是在母亲眼里，老家的街道、城门楼、护城河，一切都是那么美好，甚至在退休之后，母亲一度想回到老家去，在老家养老。在母亲心中，商丘，有她眷恋的家，有长眠于此的姥姥和姥爷。

安阳，父母亲工作一辈子的地方，在特殊的年代里，父母亲带着姐姐和我，还有年迈的奶奶，勉强维持着温饱的生活。无依无靠的父母亲，没日没夜地劳作着，为柴米油盐，算计着每一分钱。生活中太多的艰辛和无助，使父母亲曾经一度想到过放弃，逃离安阳，回到商丘。然而，坚强的父母亲，忍一忍，扛一扛，在安阳坚持了下来。母亲对安阳最深的记忆，是她干了几十年的车间，住了几十年的家属院。虽然我出生在安阳，长在安阳，也许是与父母亲一起，经历了太多的苦难，在儿时的记忆中，安阳的天空，总是灰色的，我的心情，总是沉重的，儿时的我，最大的愿望是离开安阳，摆脱贫困。

十七岁那年，我离开家乡，到外地求学，像母亲一样的年龄，我来到北京工作，也成为一个异乡人。赶上了新时代，我有了更好的工作机会，日子越来越好。交通越来越方便，由于工作的繁忙，我回安阳的时间越来越少，反而是退休后的母亲，经常往返于北京和安阳之间。搬新家、生孩子、要出差等等，不管大事小事，只要开口求助于母亲，母亲总是在第一时间来到北京，帮我解除燃眉之急。母亲的到来，让我有了依靠，可以全身心地投入到工作中去。

来往于北京和安阳的母亲，维系着我与家乡安阳的联系。每次母亲来到北京，都会给我讲起安阳的变化，洹水公园免费开放了、殷墟申遗成功了，向我说起亲戚朋友中的喜事，谁家孩子考上大学了、谁家孩子出国了。母亲每次回安阳，都会买些实惠的小礼物，送给亲戚朋友和街坊四邻，而且担当起北京的义务讲解员，用亲身感受，讲述着天安门、北海公园、奥林匹克公园的美景。

不仅如此，母亲还自豪地告诉所有的亲戚朋友们，我闺女在大学教书，是优秀教师，是优秀党员。到北京有困难，特别是孩子上学的事情，一定要找我闺女，并将我的家庭住址和联系电话，详细地告诉人家，时时提醒我，要招待好家乡人，尽力帮助家乡人，唯恐我怠慢了家乡人。

至今生活在北京，已有二十多年，我依然觉得，自己是一个漂泊之人，是一个尚需努力之人。是母亲的帮助和鼓励，让我不再孤独和无助，选择了坚守和奋斗。

虽然我只会本本分分地教书，踏踏实实过小日子。然而，在家乡人眼里，在首都北京，当一名老师，是一件非常了不起的事情，是家乡人的期待，让我鼓足了勇气，承担起更多的责任，继续勇敢向前。

记得母亲第一次在北京与我们一家三口过春节，在除旧迎新的大年初一早上，母亲起得很晚，我来到母亲房间，坐在母亲床边，依偎在母亲身旁。

母亲说："人老了，不能想事了，可是不由自己。"

我问母亲："都想什么啦？"

母亲说："想想小时候在商丘，想想现在老了在北京。"

母亲慢慢地说，脸上堆满了笑，笑得眼泪在眼里打转，边说边用手揉眼睛。

我对母亲说："您在哪儿，家就在哪儿。"

我与母亲，两个异乡人，都流泪了。

眼泪是苦的，也是甜的。

7. 被骗钱的人

二十世纪六十年代，物质匮乏，粮食、副食品等商品限量供应，人们购买商品需要各种各样的票证，对于日常开销所用的的粮票和布票，都是定量按照户口本供应，母亲精打细算，总能让一家人吃上热乎饭，穿上干净衣，一家人过着平和而又简单的日子。

七十年代，凭票供应扩展到大件的紧缺商品。所谓的老三件——缝纫机、手表和自行车，不仅需要凭票用券购买，而且这些券非常难得，谁家拥有了这老三大件，都会引来邻居们羡慕的眼光。父母亲在攒了很长时间的钱、求得了缝纫机和自行车的券之后，终于买回了家，至于手表，父母亲不敢奢望，很多年之后，两人才先后戴上了手表。

买回家的自行车，是父亲的交通工具，父亲总是将它擦拭得干干净净，除了骑车上班，父亲还用它载着我和姐姐到处兜风游玩，这是我与父亲一起留下的最快乐的记忆。拥有了一台缝纫机，圆了母亲多年的愿望，有了缝纫机，衣服大改小、旧翻新，母亲的负担减轻了许多。后来，母亲开始自己做衣服，脚踏缝纫机的踏板，发出"哒哒"的声音，像美妙的音乐。伴随着这美妙的声音，母亲给我和姐姐缝制出一件件漂亮的新衣服。父亲的随性，母亲的细致，让我和姐姐过着快乐无忧的生活。

随着时代的变迁，老三件变成了新三件，冰箱、电视和洗衣机，即便电视机是黑白的、冰箱是单开门的，洗衣机是双缸的，谁家有了这些家用电器，都是一件值得荣耀的事情。

在居住的家属院里，由于家里经济困难，我家较晚才添置了这些家用电器。一台小小的九寸电视机，是在我读大学时才买的。电冰箱是我在北京工作之后买的。因为买洗衣机，母亲还上过当、受过骗。这件事情过去了很久，姐姐才告诉了我，整个事情的来龙去脉。

那是在我刚刚在北京参加工作后不久，姐姐结婚了，搬离了居住多年的家属院，父母亲还依旧住在大院里，姐姐隔三岔五地回去看望父母亲。

有一天的下午，父亲还未下班，独自在家的母亲，正在水池旁洗衣服，家门口的门帘一掀，进来一个二十多岁的小伙子，很憨厚老实的模样，亲热地上前对母亲说："大妈好，用手洗衣服累吧，真辛苦！"

母亲双手搓洗着衣服，头也没抬地说："等有了票，我买个洗衣机回来。"

来人接过话茬儿："正巧，你女儿正在亚细亚商场给你买洗衣机，排好长的队呢！"

母亲抬起头，不认识来人，有些迟疑："你是……"

那人连忙说："我是你闺女的老同学，正好碰见她，她让我赶紧来家告诉你一声。"

忙着手里活儿的母亲，应和着："家里是需要一台洗衣机了，人老了，洗不动了！"

那人着急地说："是啊，你闺女让我来帮她拿钱，晚了就买不上了！"

母亲问："多少钱？"

那人回答："不贵，300元，平时要500元咧！"

母亲听了这话，连忙擦了擦手，急匆匆地从柜子里拿出300元，交给了那人。

那人边说边急急忙忙向外跑去："大妈，你等着，一会儿，你闺女就把洗衣机给你搬回来了。"

到了晚上，正巧姐姐回家看望父母亲，给他们带了点心过来。

母亲问："你买的洗衣机呢？"

姐姐有些纳闷："什么洗衣机？没有洗衣机票，要花大价钱买。"

母亲着急了："刚才你同学来过，告诉我说，你在排队买洗衣机，叫我捎 300 元给你……"

这时候，姐姐恍然明白了，母亲被骗了。母女相视而立，母亲缓过劲儿来，意识到自己被骗了，母亲只说了一句话："这是你爸一个月的工资啊！"

姐姐没再说话，母亲也沉默下来。第二天，姐姐把自己家的洗衣机给母亲运了过来，父亲将洗衣机放置到位，接好洗衣机的上下水，供母亲使用。很长时间里，洗衣机静静地待在那里，母亲很少去用洗衣机，依旧用手搓洗衣服，有时候，母亲呆呆地看着洗衣机，独自叹气。

被骗钱的经历，让母亲难过了很久，也给了母亲一个大大的教训。一家人的防骗意识都得到了提高，再也没有骗子上门。然而，出门遇到骗子，也是可能遇到的问题，一家人再三叮嘱母亲出门小心，还将骗子的各种骗术告知母亲，母亲犯了难，想了很久，终于想出了自己的绝招，出门就带几块钱，只够买菜用。

母亲独自出门，走在街上，遇到的骗子，个个相貌堂堂，骗术是五花八门，有卖便宜金项链的，有捡到钱包、要与母亲一起分钱的，还有卖养生保健品、请母亲免费试用的。

骗子们热情地向母亲打着招呼，在母亲面前，几番甜言蜜语，一系列表演之后，平静的母亲总是说："我没有钱，只有几块钱买菜。"

骗子们不信，母亲拿出钱包给骗子看，骗子们无趣地走开，母亲还送人家一句话，钱多了，对我没什么用，也没什么好处。

街上的骗子，面对镇静的母亲，还真没了办法。邪不压正，勇敢的老太太！

8. 疼女婿的人

　　与先生的相识，纯属偶然，我来自北方，他来自南方，各自为了所谓的理想抱负，在北京奋斗，有缘相识，又到了谈婚论嫁的年龄，自然而然走到了一起。在我们结婚前，父母亲只见过先生一面，没有三堂过审，没有掐算我们俩的生辰八字，也没有聘礼嫁妆，母亲送给我们一句话，只要你们自己过得好就行。诚惶诚恐的先生，悬着的心终于落了地，先生还坦言说，母亲的眼光真准。

　　我和先生成家之后，母亲不时来北京家里小住，帮助料理家务。家里的针头线脑，全靠母亲的巧手张罗，经过母亲收拾的小家，整洁而又温暖。生活在同一屋檐下，因生活琐事，夫妻之间免不了磕磕碰碰，母亲看在眼里，当着我们俩的面，不发表任何意见。在私下里，母亲总是把我叫到她的房间，数落一通。对先生，母亲却是充满歉疚似的，从吃饭到穿衣，格外照顾。倍感委屈的我，生气地对母亲说："你还是不是我亲妈？"在母亲一边倒的偏袒之下，家里的战火常常被消灭在萌芽状态。

　　先生从小生活在鱼米之乡，在长江边长大，虽然在北京生活多年，却始终不爱吃面食，对于馒头、包子之类的面食，更是不习惯吃，甚至难以下咽。自从母亲来到家中，对于母亲做出的面食，他很喜欢，特别是母亲做的手擀面，先生吃起来很香，端起大海碗，哧溜哧溜地，一口接着一口，不仅面吃光，面汤也喝得一滴都不剩，俨然一个标准的北方汉子。

女儿的出生，使我和先生平添了许多为人母、为人父的责任和担当，两个人趁着年轻，没日没夜地拼命工作，凭着自己的努力赚钱，似乎成为生活的全部。幸亏有母亲的帮助，才使得家里的生活有条不紊。特别是先生，在重要的工作岗位上，承担着更多的压力，早出晚归，出差加班，几乎没有休息日。

在一个春节前夕，很少生病的先生，突然发起了低烧，他并没有在意，接下来几天，头和脖子越来越疼痛。先生只好去了医院，开了药，打了针，似乎觉得身体素质好，很快就会好起来。到了晚上，先生突然发起高烧，脖子上起了一片片红疹，疼痛难忍，好不容易熬到早晨，我急匆匆开车，送先生到医院就诊。一系列检查化验之后，经过医生诊断，确诊为严重的带状疱疹，因过度劳累导致免疫力下降所引起。

根据医生的建议，采用中西医结合方式治疗，效果可能会好些，痊愈时间可能会缩短。我搀扶着先生在医院打了针，拎着几大包中草药，很晚才回到家。第二天早上，先生的病情并不见好，疼得他满脸大汗，红疹开始变成水泡。这时候，才想起来，还有中药没有熬制。多年没有吃过汤药、没有煎熬过汤药的我，手忙脚乱地准备给先生煎中药，可是，到哪里找煎药锅呢？着实让我犯了难。

那时候，我刚搬了新家，居住的小区周围，还是一片荒地，而且临近春节，天寒地冻，很多经营杂货店的外乡人都回家过年。母亲看着我着急的样子，没有说话，穿好棉衣出了门。母亲中午没有回来，我开始着急，到了下午，天渐渐黑了下来，母亲还是没回来，我安顿好先生和女儿，正准备出门寻找母亲，母亲一身寒气地进门了，手里紧紧地抱着两个煎药的黑砂锅，我连忙从母亲手里接过砂锅，母亲出门匆忙，忘记了戴上手套，两只手冻得冰凉。

原来，母亲走出家门，一路走，一路打听，找了整整一天，找遍了周围的大大小小的商店和店铺。终于在几里地之外的一个小杂货店里，央求老板帮忙，在库房里给她翻找出两个煎药锅，买回了家。

进屋后的母亲，稍稍喘息了一下，走进厨房，将中草药倒进洗干净的砂锅里，将药材浸泡，匆匆吃了几口饭之后，母亲像一个娴熟的药剂师，打开灶台上的两个灶眼儿，开始煎药，一会儿大火，一会小火，煎好头道，还要煎二道，两个煎药锅同时放灶台上煎熬着。半个小时过去了，先生喝下了第一剂汤药。

随后的十多天里，母亲负责煎药，顺便照顾女儿吃喝，我一边上班，一边带先生去医院打针，回来按时照顾先生服用中药。一天天过去，先生的病情渐渐好转起来，疼痛减轻了，疱疹消退了。从未在家休息这么长时间的先生，气色好了许多，母亲由于天天在厨房煎药，被浓浓的药味熏得吃不下饭，瘦了许多。然而，母亲却笑着，劝先生说："今后工作，不能那么拼命，身体最重要。"

这年的春节，家里萦绕的不是浓浓的年味，而是弥漫着浓浓的药味，然而这一年的春节，是我们一家三口与母亲在一起度过的最温馨祥和的一个春节。朝夕相处的日子里，让先生对母亲，充满了发自内心的敬重和感恩。经过了病痛的考验，我和先生调整心态，逐渐转变了对工作和生活的态度，认真工作，快乐生活。

随着母亲的渐渐老去，似乎话多了很多，常常喜欢漫无边际地说着过去的事情，唠叨着家长里短，也许是与母亲曾经一起经历，也许是听母亲说得次数多了，我常常会不耐烦，或者任由母亲自己说下去，自己起身走开。只要先生有时间，他都会静静地坐下，陪着母亲，听母亲慢慢地讲以前的事情，还不时插嘴向母亲询问。谈笑之间，母亲多了一份豪气，先生多了一份恭敬，先生成为比我更有耐心听母亲唠家常的人。

母亲走不动了，是先生开着车，在长安街上，开过来，开过去，为的是让爱看天安门的母亲看个够。母亲喜欢喝点小酒，是先生按时泡好了枸杞酒，让母亲一年四季都能喝到金黄颜色的甜酒。

母亲是一个十足的疼女婿的人，母亲对先生的疼爱，是那么坦然，带着些许对先生的尊敬，带着些许对先生的欣赏。不管有无血缘，爱是相互的。

9. 从不骂人的人

小时候的我，每年跟着母亲，回到老家商丘，看望年迈的姥姥和姥爷。在老家的日子里，母亲忙于照顾生病的姥爷，无暇顾及我，而我却得到了姥姥的百般疼爱以及亲戚们的轮番照顾，这让我无比兴奋，自由自在地享受着久违的亲情和大家庭的热闹。

在老家发生的一件事情，是儿时的我犯过的最大的错，至今让我记忆犹新。

姥姥家有一棵高大的石榴树，据说已经有几十年的树龄。这棵石榴树，很有来头，土改运动中，姥姥家是贫农，分到了地主大院里的一间房，还有院子里这棵石榴树。石榴果饱满圆润，石榴多籽且粒粒晶莹剔透。古人用"千房同膜，千子如一"来形容石榴果。在老家，很多百姓喜欢在自家院子里种植石榴树，以求生活红红火火、多子多福。我和母亲回到老家时，正值石榴成熟的时节，姥姥家的这棵石榴树，是左邻右舍公认的石榴王，郁郁葱葱的枝叶间结满了硕大的石榴，把树枝都压弯了。

快乐的采摘开始了，在母亲的帮助下，在院里小伙伴的欢呼雀跃中，我摘下一个个的石榴果。红红的石榴果，每一个都有大人的拳头大小，足足有一斤左右，母亲拿起每一个石榴果，用布擦干净，外皮光溜完好的，放进箩筐里，咧开口的石榴分给我和邻居家孩子们。我和小伙伴掰开长咧的石榴，将一粒粒像红宝石一样的石榴籽放进嘴里，酸甜可口，好吃极了。

第二天，母亲去医院照顾姥爷。我和院里的三个小伙伴，抬着箩筐，来到城门楼下，卖石榴，五毛钱一个，因为自家的石榴个大饱满，不用叫卖，半晌的功夫，一箩筐石榴卖完了。从小到大，这是我第一次摆摊买东西，轻轻松松卖完了所有的石榴，很有成就感。回到家里，我将挣来的一毛、两毛、五毛的钞票，数了又数，叠得整整齐齐。晚上等母亲从医院回到家，交给母亲，对母亲说，买石榴的钱，给姥爷治病！母亲摸着我的头，没有说话。

我把自家的石榴树卖完了，还不过瘾，期待能摘到更多的石榴果，挣到更多的钱，给姥爷治病。我与三个小伙伴在大院子里转来转去，东瞅瞅，西望望，眼睛瞄准的目标是邻居家的一棵棵石榴树。可是，有的石榴果长在高高的枝杈上，我和小伙伴根本够不着；有的石榴树，刚刚栽种不久，只开花，不结果。

突然，一户人家的石榴树，引起了我的注意。矮矮的院墙外，冒出几枝树叶，稀稀拉拉地挂着几个小小的青石榴，瘦瘦长长的，与姥姥家又大又圆的石榴长得很不一样。我和小伙伴们相互扶持着，一个接一个地爬上了院墙，骑坐在墙沿上。

院墙不高，石榴树的树梢，齐着院墙，我伸手就能拽到树杈，顺着树杈，拽下来一个石榴，刚要掰开来尝一尝，从屋里传出来汪汪的狗叫，一个沙哑的声音从屋里传出来："谁摘我的石榴？"门开了，一条小狗从门缝里窜出来，汪汪尖叫着，追出来，随后从屋里走出来一个老太太，摇摇晃晃，拄着拐杖，她身材特别矮小，面容因生气而变得狰狞，我和小伙伴看见了她，吓得一个个浑身发抖，从墙头掉下来，一溜烟地跑散了。

我慌慌张张地往家跑，心里害怕极了，这下肯定要挨骂，甚至要挨打了。家里静悄悄的，没人，母亲和姥姥还在医院照顾姥爷。我慌慌张张躲进屋里，钻进被窝，蒙住头，迷迷糊糊睡着了。当我醒来时，母亲坐在我的身边，什么都没有说，什么也没问，给我擦着头上的汗，喂我喝水，我发烧了，已经昏睡了两天。

姥姥告诉我："你妈拎着点心去看二姑姥姥了，她家的果子，你们也能摘？"原来，这家的主人是一位"五保户"，按辈分，母亲称她二姑，我应该称呼她二姑姥姥。二姑姥姥没儿没女，家里只有一条小狗为伴，身体不好，全靠街坊邻居们照顾。我和小伙伴偷摘石榴的事情，母亲再也没有提起过，就像这件事情从未发生过一样，可是小小年纪的我，却为此害了一场病，充满了愧疚感。

母亲的假期快用完了，我和母亲就要回安阳，回去的前一天晚上，母亲带着我，来到二姑姥姥家，给二姑姥姥告别。站在母亲身边的我，默不作声，坐在面前的二姑姥姥，和颜悦色，与母亲唠着家常，临走时，还往我手里塞了两个青青的石榴果，对我和母亲说，常回家看看。

从小到大，我从来没有挨过母亲的责骂，也从来没有听到过母亲的抱怨。即使这次我犯了天大的错，母亲没有骂过我一句，打过我一下。苦，母亲咬咬牙自己扛，气，母亲忍一忍自己消解，悲，母亲擦擦眼泪自己受。母亲用自己的一言一行，教会我，不管你是有意还是无意，不管是大事还是小事，永远不要伤害比自己弱小的人。每每看到红红的石榴果，我都有一种特殊的感觉，都会想起老家的那棵石榴树，想起矮小的二姑姥姥。

10. 走失的人

母亲的人生岁月，带有明显的时代烙印，她亲睹新旧社会的两重天，经历"大跃进"和三年自然灾害时期，走过"文化大革命"时期，进入改革开放 30 年，过上了好日子。作为生活在最底层的普通劳动妇女，母亲一辈子没有赢得功名，没有挣来富贵，但是，在我的心目中，母亲是我的定海神针，不管我遇到什么困难，母亲在，一切都在。在母亲怀抱中，我永远可以什么都不想，什么都不做，享受着难得的宁静和安稳。然而，七十多岁的母亲走丢的事情，让我感觉到，母亲老了，我要好好照顾母亲。

2015 年的暑假，女儿准备赴美国留学，在出国前的一个多月，女儿提出来一个愿望，她想念姥姥了，希望把姥姥接到北京，她要与姥姥多待些时日。我知道，在出国前，能再多吃些姥姥包的饺子和包子，才是女儿最真实的愿望。在安阳，七十岁之后的母亲，一直居住在姐姐家里，由姐姐照顾。与姐姐商议之后，与母亲通了电话。从小对女儿百依百顺的母亲，欣然同意，我周末赶回安阳，把母亲接到了北京。

来到北京的家里，母亲忙着给女儿包饺子、包包子，冰箱里塞满了母亲包的各种馅儿的饺子。女儿吃着姥姥包的饺子，对姥姥说，还是姥姥手艺好，到了国外吃不到这么好的饺子了！

母亲看着吃得香甜的女儿，有些不舍，对女儿说，走那么远，过大洋越大海的，千万别走丢了！一定要记得回家的路！

对未来兴奋不已的女儿，回答说："姥姥，我这么大了，哪能不记得回家的路？"

一老一小，相互之间说着话，彼此的不舍，一齐从心中涌起，化作了时间的记忆。周末，一家人带着母亲重游了颐和园，一起在昆明湖荡舟，在万寿山下，全家人合影留念。女儿搀扶着母亲，对母亲说："姥姥保重身体，等我回国，我们一家再来游颐和园。"

一个月之后，女儿出国留学，家里安静了许多，空荡了许多。我和先生平日里去上班，家里只剩下了母亲，母亲对我说，孩子上学去了，你们上班忙，我任务完成了，快八十岁的人了，回家守着老窝去。母亲与姐姐一家生活多年，早已将姐姐的家，当成了自己的老窝，而我的家，母亲却不想长住下去。

　　我和先生再三相劝，母亲还是想回安阳，扭不过母亲，只好在告知姐姐之后，匆匆将母亲送回了家乡。过了一段时间，姐姐打电话过来，告诉了我，母亲走丢的事情。

　　母亲回到安阳之后，住在了姐姐家里。熟悉的人，熟悉的环境，母亲很快从旅途劳累中缓了过来，照常在家做着手里的活儿，照常到外面遛弯儿，一切似乎恢复了原来的平静。一天下午三点钟，姐姐出门办事，六点钟回到家里，母亲不在家。等到晚上七点，母亲还是没有回来，姐姐担心了，到院子里找了一圈，还是没有母亲的身影；到楼上、楼下邻居家去打听，母亲也没在邻居家。姐姐开始着急，拿出电话本，打电话给所有的亲戚和朋友，请大家帮忙找寻母亲。

　　一个小时过去了，眼看着天越来越黑，母亲还是没有任何消息。姐姐几乎崩溃，事后对我说，如果找不到母亲，她一辈子对不起母亲，无法向我交代。姐姐打通了报警电话110，半小时之后，警察打过来电话，通知姐姐到派出所去。失魂落魄的姐姐急忙赶到派出所，一眼看到了安安静静地坐在角落里的母亲。

　　姐姐快步走上前去，端详着母亲，母亲毫发未伤，神志清醒。母女相互望着，姐姐一下子抱住母亲，禁不住大哭起来，边哭边对母亲说："你吓死我了！"

母亲憨憨地笑着，拍着姐姐的肩膀，安慰姐姐："没事了！没事了！"

母亲后来与我通电话，讲述整个事情的经过。那天下午五点钟，母亲出门到院子外遛弯，走着走着，她发现，眼前的街道、大楼、商铺，越来越与她印象中的不一样，她加快脚步，竭力想找回她记忆中的一切。然而，母亲越走越不对劲，转身找回家的路，找不到了。

夜黑了，路上的人越来越少，母亲有些慌乱，这时候，一位警察骑着自行车迎面从她身边经过，母亲定了定神，心想，警察能帮她。母亲回过身，拼着力气，快步小跑，边追边喊："同志，停一停！"

警察停了下来，询问母亲有什么需要帮助的，母亲说，她找不到家了。

警察问母亲的地址和家人的电话。慌忙中的母亲，全部都记不起来了。

警察安慰着母亲，把母亲领回了派出所。

几分钟之后，警察告诉母亲："大妈，别着急，你女儿一会儿来接你！"

母亲讲起这次经历的时候，语气很平静，母亲说，不知道咋的，脑子一会儿糊涂，一会儿清楚。说到警察对她的帮助，母亲笑了，笑得眼睛眯成了一条缝，母亲说，警察是好人。

这件事情过后，我和姐姐长时间通了电话，庆幸的是，母亲真是命大、福气大，逃过了一难。难过的是，母亲，真的老了。

我的一位闺蜜，是一位热心的志愿者，多年坚持为走失老人提供帮助，发布信息，联系家人。她经常在朋友圈里，提供老人和孩子走失的消息，请好心人帮助寻找和转发。她的善举，感动着他人，更多的志愿者加入其中。我向闺蜜说起母亲走失的事情，闺蜜告诉了我，很多预防老人走失的方法和照顾老人的基本常识。

我突然意识到，关于赡养老人，远比我想象的要复杂得多，老人的生活，远非吃饱穿暖那么简单。我很惭愧，小时候生活那么苦、那么累，母亲不曾把我丢了，而我们却把母亲丢了。

按照闺蜜的指导，给母亲的钥匙上拴上卡片，清清楚楚地写上家里的地址和电话；请专业师傅上门，给母亲房间装上呼叫器；与母亲相约，在每天的固定时间，给母亲打电话，问候母亲。与母亲同住的姐姐，更加细心地照顾着母亲的生活，时刻关注着母亲的作息时间。我和姐姐共同约定，一定把母亲照顾好，再也不让母亲担惊受怕。

我将母亲走丢的事情，告诉远在美国读书的女儿，女儿嘱咐我，一定要照顾好姥姥，还对我说："妈妈放心，我永远记得回家的路。"

三、母亲的所有

　　"母亲的一生，是辛苦的一生，勤俭的一生，在她一生的实践中，完全体现了'一粥一饭，当思来之不易'的美德。她为儿为女，操劳爱护，但也绝不姑息。我在幼年时，就得到她的精神训练，年过八十，仍然在朴素生活中努力前进。我把她的教导传给后一代，在青年时记下的八个字：'勤能补拙，俭以养廉'。看来平淡，却饱含着无穷的力量。"

　　　　　　　　　　　　——常任侠《我的母亲》

1. 嫁妆

儿时的母亲生活在十几口人的大家庭里，家里由太姥爷当家，家境算不上殷实，生活还算稳定。早先，太姥爷爷独自一人从乡下来到县城讨生活，后来在县城慢慢立足，靠着木匠手艺，在商丘县城的城南开了一间木匠铺子。

姥爷排行老大，小时候生病发烧，没有及时医治，导致耳聋和言语不清，"聋子"的名字，就此得来。姥爷整天默不作声，闷头干活，在三个兄弟中，木匠手艺最好。家里人与姥爷说话，声音调门都很高，生怕姥爷听不见。个子矮小的姥姥，嗓门却很大，与姥爷说起话来，简直就是在吼姥爷。平日里，母亲最喜欢与姥爷待在一起时，父女两人不用语言，一个眼神、一个动作，就能够明白对方。

在过去，做木匠是体力活，基本上是借助刨子、锯子等传统工具，手工制作。如果制作雕花家具，费时费力，像开料锯板、开榫凿卯、雕刻组装、上漆打蜡等，每一道工序都要小心完成。姥爷兄弟三人分工合作，配合默契，制成的家具在县城颇有些名气。家具上的花纹、点心模子上的图案，这些细活儿，基本上是由姥爷来手工雕刻。

白天，姥爷低着头做自己的雕刻，描样、粗凿、铲削、修磨，完全沉浸在自己的世界里。晚上，在油灯下，姥爷拿起银针，在自己的胳膊上扎针灸，以减轻两只手臂的酸疼。扎针时，姥爷一声不吭，头上满着豆大汗珠，幼小的母亲常常站在一旁，看着姥爷扎针，不时地给姥爷擦拭头上的汗珠，姥姥经常大声地对着姥爷喊："累了就不知道歇一歇？"姥爷不作声，第二天，照样闷着头，做自己的事情。

母亲到了十几岁，上门提亲的不少，姥爷耳朵聋，全凭姥姥做主，除了生辰八字、门当户对之类的条件之外，姥姥向媒人提出了一个条件，希望未来的亲家离得近，不想让母亲嫁得太远。

不久，母亲的婚事就确定下来，不仅两家的家境相当，而且两家住得也不远。虽然出嫁之前的母亲，并没有见过父亲，但是每次媒人到家里来，姥姥与媒人说的话，躲在屋里的母亲，听得真真切切。

十八岁的母亲出嫁了，虽是普通人家，家里并不富裕，没能给母亲置办金银首饰，但是，姥姥东拼西凑地给母亲准备了龙凤被、床单及枕头等生活用品，姥爷专门为母亲做了一个雕花的架子床，作为陪嫁的婚床。在所有陪嫁的物品中，母亲最在意姥爷亲手给她做的架子床。

母亲见证了姥爷为她制作架子床的整个过程，眼看着姥爷给她打造一个浪漫的梦。不同于现在家庭通常使用的床具，母亲的婚床是一个实木的架子床，虽然不是黄花梨之类的名贵木材，但是，硬木质地坚硬细腻，纹理自然秀美。三面围栏，四角立柱，上承床顶。整个床，全部是由榫卯结构连接在一起，没有使用一根钉子。床的围栏和横板上，姥爷更是精心雕刻了鸾凤和鸣、鸳鸯戏水的图案，就连四根粗大结实的床脚，姥爷都雕刻了老虎纹路，压邪镇凶，保佑母亲平安幸福。

两年后，父母亲相继离开商丘，到安阳工作安家。父母亲在商丘的家没了，母亲特意让姥爷将她的架子床搬回了娘家。姥爷将架子床放到了家里最大的房间里，姥姥将床擦拭得干干净净，挂起母亲喜欢的帐幔，就像父母亲还在家一样。

在每年随母亲回商丘的日子里，住在姥姥家时，晚上我会与母亲一起，睡在架子床中。那时候的我，并不知道这床是母亲的嫁妆，只是觉得，这个床很特别，像个小房子，床榻有些高，我需要踩着踏板，才能钻进去。

躺在里面，拉上帐幔，依偎着母亲，母亲轻轻地拍着我，听着母亲的呼吸，我很快就进入梦乡，睡得很香甜。白天，与邻家小女孩在一起玩，两个人喜欢躲在屋里，躺在架子床上，说着悄悄话，进入我们的童话世界。

再后来，小舅从部队退伍回到商丘，结婚生子，在老屋旁边盖起了二层小楼，置办了新的组合家具，一家人住进了新房。姥姥姥爷去世后，老屋成了家里的库房，母亲的架子床一直静静地在库房里。

母亲退休后，一度想回商丘居住，在遭到我和姐姐的反对后，母亲不再提及回老家的事情，却一直念叨着她的架子床，想把她运到安阳家中。架不住母亲的一再唠叨，我专门回了趟老家，向小舅转达了母亲的想法。随小舅来到老屋前，小舅打开老屋的门，扑鼻而来的是发霉的味道，向屋里望去，满屋的灰尘，堆积的杂物，已经不是原来的陈设，四处摸索着，找到母亲的架子床，床板破裂，油漆斑驳，已经无法使用，与小舅商量，请人把架子床进行修缮。

大舅和小舅都没有继承姥爷的木匠手艺，大家庭里已经没有亲人再做木匠了。跟小舅在县城里走了一圈，已经找不到打家具的手艺人，各种材质的、机器加工出来的家具，又便宜又时尚。小舅说，会修老式家具的人已经很少，上油漆也不用以前的传统工艺了，要将架子床修复好，然后再运送到安阳，花费财力、时间和精力不说，还不知道结果怎样。我只好无果而返。

我不想让母亲看到她的架子床现在的模样；也很惭愧，没有能力帮母亲实现她的愿望。母亲的架子床，是她从少女时代一直到老，对商丘老家唯一的念想，它承载了母亲从少女到少妇短暂而美好的回忆，也承载了姥姥和姥爷对母亲难以割舍的爱。我实在不忍心打碎母亲曾经的美好记忆，回到家，我违心地对母亲说："你的架子床好好的，放心吧。"

母亲再也没有提起她的架子床，没能帮母亲实现她的愿望，成为我一直以来的遗憾。

2. 针线包

随着社会的发展和进步，人们的生活水平提高了，生活用品越来越丰富，无论男女老少，高矮胖瘦，身上穿的衣服、脚上穿的鞋子，在琳琅满目的商店里，总能找到一款适合你。一般情况下，衣服和鞋袜穿旧了、穿破了，已经很少有人再缝缝补补，家里有针头线脑的，也越来越少。然而，不管过去的苦日子，还是现在的好日子，母亲的针线包，一直是她最珍爱的物件。

在我小时候，家里有一个用藤条编成的筐箩，里面放着母亲做针线活所用的东西。有一把竹片尺子、一把剪刀，有旧挂历剪出的尺码不一的鞋样子，整齐地叠放在一起，用线绳捆在一起，还有一个小布袋，装着各种小零碎，里面有做衣服留下的碎布料、旧衣服上拆下来的扣子、拉链、绳子等等。筐箩里最显眼的，是捆在一起的不同颜色的线轴。母亲缝补衣服时，根据衣服颜色的不同，选择使用不同颜色的线。筐箩里，盖得严丝合缝的圆形小铁盒，是原来装雪花膏的，拿起来，用手摇一摇，沙沙响，里面装着长短不一、粗细不等的十几根缝衣服的针。

母亲的针线筐箩放在家里最显眼的地方，平日里母亲缝缝补补，随手就可以拿到她所需要的针线。到了晚上，忙完一天的劳作，在昏黄微弱的灯下，母亲常常纳鞋底、做布鞋。母亲坐在炕沿上，低着头，一只手拿着一只鞋样子，一只手臂一上一下地穿针引线。

母亲的手很巧，家里虽然不富裕，但是母亲总是能让一家老小穿着整整齐齐、体体面面。那时候，姐姐的衣服穿小了，我接着穿，是常有的事情。在姐姐穿旧的白衬衫上绣一朵小红花，就成了我的新衬衣；将姐姐磨得颜色变浅的裤子拆开来，裁裁剪剪，重新缝制，就成了我的新裤子。特别是在春节前一个月，母亲就开始做针线，计划着一家老小的过年新衣服，给奶奶添件灰褂子，给父亲添双新鞋，给我和姐姐做件新衣裤。

在母亲做针线活儿时，我站在母亲一旁，在笸箩里翻来翻去，拿起尺子和剪刀，学着母亲的样子摆弄一下，总想帮母亲做点儿什么，于是穿针线成为我特别喜欢做的事情。母亲常常揉着发酸的眼睛，享受地对我说："帮妈来穿针线吧，妈眼花了。"我很乐意接受这个任务，把线头放进嘴里弄湿，用手指将它捻得又细又尖，把针放在眼前很近的距离，轻轻一穿，线就穿过了针孔，然后很有成就感地交到母亲手里，母亲总是放下身心的疲惫，笑着对我说："真能干！"

穿着母亲做的衣、纳的鞋，我长大了，读了大学。

后来，有了自己的小家，自己当了母亲，也想照着母亲的样子，学做些针线，置办了电动缝纫机，买回来漂亮的针线包，选购了一大摞关于服装裁剪的书。心想，针线活，小菜一碟！母亲的手艺，看都看会了！几番尝试之后，我败下阵来，钉个扣子累得满头大汗，细细的长针弄弯了，剪裁的布料像狗啃一样，费了很大力气给女儿做一件小衣服，好不容易穿在了身上，却脱不下来了。我感叹道，做针线活，真不是那么简单。于是，针线包成了摆设，缝纫机也束之高阁。

母亲来到北京小住，行李中必装有一个简单的小布包，里面裹着几根钢针、顶针、皮尺、少许棉线。放下行李，母亲打开我的针线包，长长短短的针不是钢针，不经用，母亲把她带来的针放进去；花花绿绿的线团不是纯棉线，不结实，母亲把她的棉线放进了去。给母亲买来张小泉的剪刀，母亲拿在手里，摸了又摸，高兴地说："这把剪刀好！"

从此，这把剪刀成为母亲针线包里最经用、最贵重的物件。母亲到来后，废弃的针线包又派上了用场，尘封的缝纫机又响起来了，那是熟悉的母亲踏缝纫机的声音。家里一大堆准备丢弃的衣服，经过母亲的缝缝补补、修修改改，有些又可以继续穿，有些改成了坐垫，有些剪裁成了拖把的布条。女儿的小罩衣是母亲做的，比围兜强多了；女儿学走路时穿的小鞋子是母亲做的，走起路来稳稳当当；四季的棉被，是母亲一针一线缝制的。我的小家，经过母亲一针一线的缝制，纵纵横横，密密实实，变得温馨而又结实。

女儿长大了，穿的、戴的，能买的就买，需要做的衣服越来越少，母亲的针线包一度成了摆设。渐渐老去的母亲，眼睛看不清了，手不灵活了，她经常整理自己的针线包，还自言自语道，老了，看不见了，做不动了。

现在，母亲八十多岁了，把自己的针线包放在抽屉里随手能拿到的地方，走到哪里带到哪里，那是她的命，是她支撑家的百宝箱。有时候，虽然我已经可以很快地钉一个扣子，我也有了自己更实用的针线包，但是我还是交给母亲来钉，环保袋子的提手松了，我会让母亲缝上几针，让母亲觉得自己还很有用，看着母亲很享受的样子，我暗暗高兴。

"慈母手中线，游子身上衣"；"停针罢线泪沾裳，朔风渐高天雨霜"；"饭熟须知薪趁火，衣成不离线因针"；"寒衣针线密，家信墨痕新"。从古至今，关于母亲做针线的诗文，总是写得那么美。

母亲的针线包很普通，甚至值不了几个钱，但是母亲用一针一线经营着家，是母亲支撑家的百宝箱，它是无价之宝。

3. 擀面杖

家乡河南，地处中原，四季气候分明，自古有"中原熟而天下足"的说法。家乡人的主食以面食为主，馒头、面条、饺子等成为家乡人日常饭桌上的主食。擀面杖是寻常人家中制作这些面食的必备工具，擀面成为女人持家的一项重要的看家本领。在我的家里，不管是过去的苦日子，还是现在的好日子，一个大案板，几根擀面杖，是必备的家当。

母亲是擀面的一把好手，我是一日三餐吃着母亲做的面食长大的。母亲的擀面杖，有长有短，有粗有细，又长又粗的用于擀成大的面片，然后切成小的面片或细细的面条；又短又细的用来擀包子皮和饺子皮。与擀面杖相配套的，还有大案板和小案板。擀面之前，母亲将面粉和上水，揉成面团，饧上二十分钟左右，就可以擀面了。或长或短的擀面杖，在母亲手里被来回推压，好像很听母亲的话。母亲还不时将一把干面粉，撒在案板上，撒在面团上，几个轮回之后，面团变成了面饼。简单的几个动作，看似一气呵成，但是从开始到完成，手放的位置、用力的大小、用力的地方，都很有讲究，母亲擀出来的面，总是既筋道又匀称。

在粮食定量供应的年代，粮食不仅定量，而且粗粮和细粮按比例供应，以粗粮为主。细粮主要是小麦磨成的普通粉，俗称白面；粗粮主要有黄色的玉米粉、红色的红薯粉、棕色的高粱粉等。在我小时候，白面稀罕，只有过年的时候才能吃上白面馒头，如果谁家天天能够吃上白面馒头，是一件值得炫耀的事情，可以传遍整个大院。白面劲道好吃，但不够吃，母亲会想尽办法，粗粮细做，母亲擀出面片，将白面、黄面、红色面，一层层叠放，做成花卷，蒸熟之后，一个个红丝卷、黄丝卷，很是诱人，好看又好吃。在那个特殊的年代，母亲用擀面杖，解决一家人的吃饭缺粮的问题。如今，老百姓生活发生了天翻地覆的变化，杂粮馒头和杂粮花卷成为餐桌上的健康食品，价格比白面馒头贵了许多。

等我结婚成了家，母亲给我置办的物品中，有一根擀面杖和一个大案板。然而，超市里，现成的馒头和包子，还有各种各样的压面、干面、挂面，又省事又省时间，我很少使用擀面杖和案板，还以工作忙为借口，将它们束之高阁，冷落在一旁。母亲到来后，擀面杖又派上了用场。在一日三餐中，母亲做的手擀面最受欢迎。擀面条时，母亲扎上围裙，放好案板，不多时，借助于擀面杖，普普通通的面粉，经她的妙手，变出来宽窄均匀、柔韧光滑的面条，下到锅里围着水花团团转，盛到碗里晶莹剔透，吃到嘴里醇香顺滑，加上各种各样的佐料，成就了变幻无穷的味道。随着季节的变化，母亲会花样翻新，夏天的过水凉面，冬天的热片汤面，春天的荠菜面，秋天的香菇鸡丝面，经母亲的手做出的面条，又软乎又筋道，有着特殊的味道。每次和面、擀面，我总是劝母亲，别费事了，母亲却说："不累，一会儿就好，好吃就好。"

在女儿两岁多时，开始断奶吃辅食。我对照着幼儿食谱，给她做出各种各样的饭食，然而她最爱的还是姥姥包的饺子，从最开始吃一两个，到后来的十多个，吃着姥姥包的饺子长大。俗话说："舒服不如倒着，好吃不如饺子。"我和先生上班，母亲在家，帮我照看女儿，还经常给女儿包饺子。每次母亲包饺子，女儿都会陪在旁边，一边看姥姥包饺子，一边手里拿着面团玩着，女儿身上、头上沾满了面粉，一老一小在摆弄面团中寻找着快乐。包饺子用的擀面棍，短短的，两头细，中间粗，母亲一手滚动擀面棍，一手快速移动着小小面团，一会儿工夫，就擀出来厚薄均匀、圆圆的饺子皮。

女儿不爱吃胡萝卜，母亲将胡萝卜剁得细细的，包成了饺子馅。为了让女儿用手捏起饺子，吃起来更方便，母亲包的饺子小小巧巧。我和先生上班，剁馅、擀皮儿、包馅、烧水、煮饺子，工序确实繁多，而母亲还要同时照看女儿，母亲全部搞定。饺子做好了，女儿用小手抓起一个饺子，大大地张开嘴巴，吃得干干净净，吃饱了之后，喝一碗煮饺子的汤，用母亲的话说，原汤化原食，长得白胖胖。

如今，吃着姥姥的饺子长大的女儿在美国留学。听说我去美国看女儿，母亲叮嘱我，记着带上案板和擀面杖。于是，我遵照母亲的愿望，把案板和擀面杖带到了美国，问女儿最想吃的是什么？

女儿不加思索地说："姥姥包的饺子、擀的面条。"

于是，我学着母亲的样子，想着母亲的擀面程序，笨手笨脚地帮女儿做饺子、擀面条，女儿吃了我做的面食，连说好吃，还招呼其他同学一起来吃。女儿边吃边吹捧我："妈妈如果在美国开一家面馆，肯定火！"

在女儿和她的同学的鼓励中，我越做越来劲，给女儿做了各种各样的面条和面片，包好了一包包饺子，放在冰箱里速冻，延续着母亲的技艺，传递着家的味道。

原来擀面杖的威力这么大！

4. 亲人

姐姐即将赴美，与自己的儿子团聚，八十多岁的母亲，来到北京，与我生活在一起。

有一天，突然接到大舅的女儿、我的表妹打来的电话，表妹告诉我，父亲在家总是念叨着大姑（我的母亲），趁着父亲还能走，带他来北京与大姑见上一面，了却他的心愿。

大舅十几岁离开家乡，在洛阳安家，几十年里，大舅与母亲保持着电话联系，却很少有机会见面，我赞赏表妹对大舅的一片孝心，欣然应允，欢迎他们来北京。我放下电话，没敢马上告诉母亲，悄悄做着接待亲戚们到来的准备，因为如果母亲提早知道大舅要来，血压升高、夜晚失眠，反而增加了负担。

一直等到大舅来的前一天，我才告诉母亲。打蔫儿的母亲，顿时眼睛发亮，来了精神头儿，开始在家里转来转去，手忙脚乱地整理房间，准备水果和饭菜。虽然我提前一切准备停当，可是母亲还是觉得，水果准备得不够多，采购的鸡鸭鱼肉不够好，房间准备得不够干净，我只好任由母亲重新张罗一遍。

第二天，大舅和表妹来到北京，住进了家里。我印象中那个斯文帅气的大舅，像母亲一样，也变成了一个年迈的老人。母亲和大舅坐在一起，大舅像孩子似的，泣不成声，话都说不出来，母亲望着大舅，默默地擦着眼泪。两位老人慢慢情绪平复下来，你一句我一句，一起回忆着，他们小时候的事情、家乡的事情。我和表妹，坐在一旁，望着两个耄耋老人，不忍心打断他们，任由时光流逝，时光倒转。

母亲问大舅："离家那么长时间，想家吗？"

大舅回答说："想，想得心口疼！"

少小离家的姐弟，说起自己的家乡，还是那么想念。久未见面的姐弟，还是那么亲近。

接下来的几天里，我开着车与表妹一起，带着母亲和大舅，游览圆明园、奥林匹克公园，品尝北京小吃、全聚德烤鸭。大舅因得了脑血栓的缘故，腿脚已经不利落，母亲虽然身体硬朗，眼睛却不太好，两位老人相互搀扶着，相互提醒着，手牵着手，小心地迈步，慢慢地走台阶。我和表妹护卫在他们左右，看在眼里，暖在心里，儿时的他们，仿佛就在昨天。

母亲是家中的长女，有两个弟弟，也就是我的大舅和小舅。小时候的母亲，洗衣做饭，承担了很多家务活，长大后有了工作，贴补家用，供大舅和小舅读书。母亲结婚后，经营自己的小家，照顾年迈的姥姥姥爷，从小到老，母亲没少吃苦。然而，母亲欣然接受着一切，尽着一个长女、一个姐姐的责任，撑起大家和小家，呵护着她的亲人们。

大舅没有继承父辈的手艺，没有做木匠。大舅读书很好，初中毕业后离开家乡，到郑州上了技校，学到了化验燃煤的技术，分配在热电厂工作，专门化验燃煤。几十年来，大舅先后在河南的几家热电厂工作，一直与燃煤打交道，对燃煤的产地、性能指标、质量特性等等，一清二楚。大舅老实本分，鉴定燃煤质量，实事求是，认真负责，从不做假。

发生在大舅身上的一件事，母亲给我讲过了无数遍。大舅所在热电厂所用的燃煤，很多是经过大舅的化验，给出检验报告，确定燃煤的品质等级。一位煤老板，送给大舅一大笔钱，要求只有一个，让大舅给他的燃煤出具检验报告，劣质煤说成是优质煤，耿直的大舅不愿意昧着良心做事，将钱原封不动地退了回去，按照燃煤的真实情况，给出了化验报告，为工厂挽回了损失。爱岗敬业的大舅，被厂里评选为先进工作者，母亲得知了这一消息，很为大舅高兴，不止一次地对我说，在外工作不容易，再难也不能昧着良心做事。

虽然大舅因为工作原因，不能经常回老家看望双亲，但是母亲却始终认为，大舅的工作岗位重要，比天还大。母亲和大舅先后离开家乡，在不同的城市工作生活，靠着勤奋努力，获得稳定的收入，经营着各自的小家，也都有了各自的孩子。儿时，记得大舅趁出差的机会，路过安阳，来到家里。母亲和父亲，看到久违的亲人，非常高兴，像过年一样，母亲买来肉，做了一桌子菜，父亲拿出封存了多年的好酒，与大舅喝上几杯。大舅走后，我才知道，母亲用家里仅存的肉票，买来一斤猪肉，切出瘦肉，做出肉菜，招待大舅，剩下的肥肉，炸成了猪油，这些猪油，一家人吃了一个月，是饭菜里唯一的荤腥。

小舅十六岁离开商丘，参军入伍，一走就是十多年，在部队锻炼提干，全凭自己努力。正是在小舅当兵的十多年里，姥爷患病，长期卧床，母亲不仅负担了两位老人的开销，还每年抽出时间，回到商丘，照顾姥爷。母亲说，两个弟弟都请不了假，只有我回去。母亲异常平静，丝毫没有怨言，照顾老人，她冲在前面。后来，小舅转业回到了家乡，与姥姥和姥爷一起生活。然而，母亲显然成了小舅的主心骨，大事小情，小舅总是找母亲商量，请母亲帮助照料，一直到姥姥和姥爷去世。

大家庭的亲戚朋友大多在老家，母亲是同辈人中的老大。母亲的孝顺顾家，在大家庭中赢得了尊重，是当之无愧的大姐。每次母亲带着我回到老家，住在同一县城的亲戚朋友都会赶过来，与母亲见面。冷清的姥姥家，宾客迎门，欢声笑语，亲人们坐在一起，热热闹闹，说着家长里短，母亲将带过来的大小礼物，送给每一位亲人。虽然我们自己家也不富裕，虽然礼物并不昂贵，但是母亲惦记着老家的每一位亲人，给每一位亲人带来问候。老家的亲人们也没把我当外人，东家串门，西家吃饭，俨然像在自己家一样。

在母亲看来，亲人的事情，就是天大的事情，就是她自己的事情。

5. 骄傲

　　母亲与父亲一起，在异乡工作几十年，两人都是普普通通的工人，无职无权；养育两个年幼的女儿，瘦瘦弱弱；照顾着年迈的奶奶，生活过得紧巴巴。骄傲，似乎与母亲无缘。

　　小时候的我，性格很闷，不喜欢说话，只是埋头做自己喜欢做的事情，很安静地读书，是我的最爱。在离家不远的街口，每天都有一位邮电局的叔叔，按时推着邮政绿的平板车在这里卖杂志，平板车上放着一个装满各种杂志的方形箱子，透过上面的一层玻璃，能够看到摆放着整整齐齐的、新出的期刊杂志，有《十月》《小说月报》《收获》等较厚的杂志，也有《故事会》《小朋友》之类的儿童月刊。叔叔的平板车，成为我最喜欢光顾的地方。叔叔每天什么时候来，每月几号出新刊，我都了如指掌。每到新的期刊出来，我怯生生地告诉叔叔，请他从玻璃柜子里拿出来给我看，假装要买的样子，仔细地翻看着杂志的目录，如果没有喜欢看的文章，我会很快交回给叔叔，如果有喜欢看的内容，我磨磨蹭蹭地多

生命的心灯

看一会儿。

叔叔的平板车，是一个让我牵肠挂肚的地方。那里有我喜欢看的杂志，却没有钱买。我经常连着几天，跑到街口，让叔叔从箱子里拿出来，让我看一会儿。回到家里，我还是惦记着没看完的文章，常常为此而闷闷不乐。那时候，母亲实在是没有多余的钱，让我买书看。然而，母亲只要看到我不开心，整天抓耳挠腮的样子，就知道我想买书，过不了几天，母亲悄悄从兜里左翻右翻，翻出几块钱来，对我说，去买书吧。我飞奔到街口，买下我向往已久的那期杂志，回到家里，坐下来，一口气从头读到尾。由于家里经济条件差，我并不是每一次都能如愿买下每一期的杂志。母亲识不了几个字，但是，她看到我那么喜欢看书，她能够挤出几块钱，满足了我的小小愿望，母亲很骄傲。

在居住的家属院里，我的家里几乎没有图书，因为吃饱穿暖是父母亲要考虑的头等大事，没有多余的钱给我买课外书看。买回来的几本杂志，我翻烂了，读透了，还记在了脑子里，我将我在书中看到的，绘声绘色，添油加醋，讲给家属院里的小伙伴们听，渐渐成为家属院里的故事大王。在大人眼里，我是家属院里最会读书的孩子，谁家孩子学习上有问题了，都会让孩子来问我，谁家孩子淘气了，都会以我榜样，让孩子向我学习。恢复高考之后，我成为家属院里考上的第一个大学生。就这件事，让母亲在整个家属院里直起了腰板，扬眉吐气，母亲很骄傲。

我大学毕业，留在了大学校园。母亲一辈子敬重的人，是老师，如今，她的女儿，成为一名老师，晚上在灯下认真备课，早上穿上整洁得体的套装，精神抖擞地去上课，偶尔有学生家长来到家里，在我的耐心劝导下，进门时愁眉苦脸的家长，高高兴兴地离开。虽然，母亲并不清楚，也不能够搞清楚，我是上课教什么？是几级职称？能挣多少钱？虽然，我只是大学校园里普普通通的一个人，是一个小人物，母亲很骄傲。

有一年，我被评为优秀共产党员，参加了表彰大会，拿着获奖证书回到家，高兴地告诉母亲，今天我披着绶带，带着红花，上台领奖了。母亲说："就像解放军进城时，披红挂彩？"

我自豪地向母亲点点头。母亲戴上老花镜，把获奖证书捧在眼前，端详了好长时间。母亲并不知道，我从早到晚，为什么总是忙？然而，她知道，女儿一直在做着有意义的事情，吃亏是福，为大家做了很多好事，给人以帮助。过了几天，我发现，母亲把优秀党员的绶带放在客厅里最显眼的地方。母亲认为，那是家里最尊贵的物件，她很骄傲。

从小到大，我一直都是母亲的骄傲，人到中年，随着岁月的流逝，母亲是我的骄傲。经历了无数次挫折和苦难的母亲，既不穿金戴银又不涂脂抹粉的母亲，骨子里有一种贵气。母亲的骄傲，与生俱来，自然天成，母亲天生骄傲。因为，她做工，不惜力气；做事，踏踏实实；做人，坦坦荡荡；养育一双女儿，细心周到；过生活，尽心尽责。

没有显赫的家世，也没有万贯家财，母亲唯一能留给我的，是她的豁达。年少轻狂时，我曾经感到过自卑，不愿向别人说起贫困的家庭、文化程度很低的母亲。职场打拼时，我曾经感到过迷茫，为什么我要努力做到最好？为什么我要付出那么多？然而，步入中年的我，理解了，经历就是财富。母亲的一言一行，是留给我最好、最大的财富，我庆幸，我能够拥有这一切，是母亲，让我工作紧张时，放缓脚步；狂傲时，放下身段；纠结时，豁然开朗。我很骄傲。

八十多岁的母亲越来越喜欢笑，她的笑容憨憨的，很灿烂，很纯洁。母亲笑的时候，眼睛眯缝着，像月牙一样，脸上一条条皱纹舒展着。望着天蓝了，她会笑；看见花开了，她会笑；回忆往事，说起曾经的苦，她会笑；曾经尝到的甜，她会笑；家里的孩子，长高了，摸着孩子的头，她会笑；孩子摔倒了，她帮孩子拍拍土，她会安慰地笑。母亲感恩天地日月、亲戚朋友带给她的一切，包括甜和乐，也包括苦和累。我很骄傲。

也许我越来越像母亲，做着该做的事，想着该想的事，没有大喜，也没有大悲，很容易满足，很容易骄傲。这样的骄傲，值得我一辈子拥有。

生命的心灯

6. 假牙

母亲常说，她认命。享福受难，一切早已注定。时移世变，母亲默默接受着命运的安排，从来不怨天恨地、指鸡骂狗。正因为如此，经历的困难和挫折，都没能把母亲压垮，母亲选择了隐忍。受到的委屈和羞辱，都没能把母亲摧倒，母亲选择了沉默。也许是上天眷顾，母亲身体硬朗，意志坚强。然而，着急上火是人之常情。平静接受一切的母亲，也有发泄的出口，母亲最常犯的病，是牙疼。

母亲牙疼的时候，常常疼得吃不下饭，严重的时候，引起腮帮肿大，半边脸都红肿起来。母亲默默地忍受着疼痛，手里还忙着永远做不完的活儿。每当母亲牙疼的时候，我和姐姐通常会变得很乖，好像我们乖一些，母亲牙痛就能减轻一些。如果牙疼得实在抗不过去，母亲会吃一粒止疼药来减轻痛苦。如果连着几天不见好，牙床红肿，半边脸越来越肿胀起来，母亲只好去医院，让医生把这颗牙拔掉，以此来彻底减轻牙疼带来的痛苦。

拔掉一颗牙齿，母亲轻松了很多，重新回到每天的忙碌和操劳，再次发作的牙疼，母亲实在忍不了，就又拔掉一颗牙齿。就这样，五十多岁的母亲，满口整齐的牙齿中，一颗又一颗地被拔掉。拔掉多颗牙齿的后果，使得母亲牙齿畸形，牙床错位，吃饭咀嚼成了大问题。

面对生活中的种种不易，母亲不愿意与父亲争吵，也不愿意年迈的奶奶担心，更不愿意年幼的两个孩子害怕，母亲选择了隐忍和沉默。我从小亲眼看到了经常性牙疼给母亲带来的痛苦，也清楚地知道，由于母亲想彻底减轻疼痛，所以才近乎无知地拔掉了一颗颗牙齿，最终酿成了几乎不可挽回的后果。

母亲因牙疼而带来的后患，成为我心中一直以来的痛。在母亲六十岁时，我终于有了时间和精力，专门为母亲治牙，不管看牙有多麻烦、花费有多昂贵，我一定要带着母亲，检查口腔，为母亲治牙，帮母亲解除痛苦，让母亲摆脱烦恼。

经过多方了解，我决定带母亲到离家不远的北京大学口腔医院治牙，排队看病挂号难是常态，尤其是看牙，我决定先自己去挂号，随后再回家接母亲，带她去医院诊治。一天清晨，我五点钟起床，赶到医院，排队挂号。还算幸运，等到八点多钟，挂上了专家号。离医生问诊时间还早，又赶回家去，接母亲来到医院。来到诊室外坐下，漫长的等待叫号之后，经过医生一系列的检查和问诊之后，医生给出了建议，因为拔掉的牙齿没有规则，造成上下牙床松动，仅靠补几颗牙齿，很难彻底解决问题，装满口活动假牙为宜。

第一次带母亲看牙之后，回到家后，我与母亲商量，听从医生的建议，安装假牙。母亲有些犹豫，想彻底解决牙齿的问题，却担心花钱，因为母亲清楚，装假牙不属于医保范围之列。我也有些顾虑，如果安装假牙，可能在较长的一段时间内，母亲要经受一些痛苦，先拔掉另外几颗残缺不全的牙齿。几经思量之后，我决定让母亲安装假牙，我对母亲嗔怒道："你就再受些苦吧，谁让你不珍惜自己的牙齿，一颗颗随意地拔掉！"

第二次去医院，医生帮母亲拔掉了多余的牙齿。站在诊室外面，隐约看着室内的医生和护士在拔牙，母亲最后几颗残缺的牙齿被拔掉了。我有些愧疚，好像母亲的牙齿是因为我的缘故而拔掉的，又有些庆幸，母亲应该再也不会受牙疼的折磨了。拔掉牙齿之后，母亲变成了彻彻底底的、满嘴无牙的老太太。没有了牙齿，母亲的嘴唇内扣，脸颊有些变形，模样看起来有些好笑。回到家，母亲吃不了硬食物。我换着样儿给母亲做流食吃，稀饭、软乎面条、面汤、牛奶，还有水果汁。母亲像小孩儿一样听我的话，任凭我做这做那，就像小时候，她悉心照顾我一样。

过了一个月，母亲的牙床长好之后，我第三次带母亲来到医院。医生为母亲做了牙齿的模具，我为母亲选择了相应的假牙材料。虽然假牙价格不菲，但是除了金牙和银牙，我给母亲选择了最好的假齿材料。拔掉所有牙齿的母亲，这时候只能听我的话，而且医院烦琐的诊疗条目和检查程序，母亲已经搞不清楚，母亲唯一的要求是，假牙不能太贵，只要不影响吃饭就行。我搪塞着母亲："放心吧，肯定给您选一款经济实惠的。"

做好了模具，选好了材料，等待假牙的制作，是一个漫长的过程。我和母亲第四次来到医院，医生做好了假牙，母亲试戴上去，一下子有了满口洁白的牙齿，母亲很高兴，连声对医生说："好！好！"

随后，医生让母亲不断地重复着牙齿咬合的动作，母亲开始感觉到口腔里的不适，咬合不准确，假牙与牙床有磨合，假牙需要调试。

假牙调试的复杂精细，是我和母亲没想到，在医生的指导下，我一次又一次地带着母亲到医院调试假牙。每去一次，来回都要三四个小时，母亲怕我耽误工作，不想再配合调试了，对我说："太麻烦了，差不多就可以了。"

我吓唬母亲说："你不调试好了，磨得牙床疼怎么办？一颗牙也没了，怎么吃饭？"

母亲再也受不了没了牙齿、不能吃饭的痛苦，乖乖地跟着我去医院，一五一十地告诉医生，哪里不合适，哪里不舒服。经过两个多月的调试，母亲终于可以带上假牙，吃饭了。

接下来的日子，我教会母亲，每天摘下牙套，清洗假牙，浸泡假牙。经过了几个月的折腾，母亲对待她的假牙，就像看护一件宝贝似的，倍加爱惜。母亲渐渐习惯了她的新牙齿，可以正常地吃各种食物，特别是她喜欢的馒头、面条。每天早上，带上假牙，母亲都会微笑看着镜子里的自己，咧开嘴，露出满口洁白整齐的牙齿。

小区邻居阿姨，与母亲在一起聊天，阿姨问母亲："你的牙齿怎么这么好？"

母亲高兴地说："我装了假牙！"

阿姨又问："你的假牙在哪家医院安的？"

母亲俨然成了一位专家，原原本本地将她安装假牙的经过讲给阿姨听。

最后，母亲忘不了加上一句："假牙是我女儿带我去安的！"

7. 手机

　　在父亲走后，姐姐一家，给了母亲很多的陪伴和照顾。自从母亲走丢过一次，我和姐姐商量，给母亲买个手机，以便联系到母亲。

　　我走进手机店，各式各样的手机，非常齐全，随着社会的发展，人手一部手机，甚至两部手机，是再平常不过的事情。我原本认为，买个简单实用的手机，几分钟就能搞定。我左看右看，却找不到一款按键大、屏幕大、字体大的手机。找来售货员询问，有没有适合老人用的手机？

　　售货员干脆地说："有！"

　　售货员从柜台下面，翻找了半天，把一个黑色的、小巧的手机递给我，我疑惑地问，只有这一种？

　　售货员干脆地回答："这款手机便宜，卖老人手机不挣钱！"

　　我一边听售货员介绍，一边把手机放在手里，试了又试。这款手机，大小合适，操作简单、音量大、按键大，便于老人使用。虽然对手机的质量有所担心，但是没有可选择的余地，只好先买了下来。买回来之后，将最常用的号码，帮母亲输入进去，将接入和拨出的步骤，彻底搞清楚之后，把手机拿给母亲，教给母亲使用。

母亲把手机拿在手里，摆弄了半天，笑着说："这么个东西真精贵，能当电话使用。"

我开玩笑说："你现在也有了一个精贵的东西。"

母亲还告诉我："大人、孩子人手一个，头也不抬地看，真有那么好看？"

我鼓励母亲说："你学会了用手机，也跟他们一样，觉得它好看中用。"

在我的引导下，母亲开始积极起来，很好奇地跟着我，学拨电话号码，接通电话后，学着对着手机讲话。母亲兴奋地试了一遍又一遍，在我的指导下，母亲很快学会了使用手机。我原本认为，完成了一件大事，以后可以随时随地联系到母亲。最后，我嘱咐母亲，出门一定要记着带上手机。

没有手机之前，母亲把门锁好，把门钥匙挂在脖子上，甩着手自在地出门。自从有了手机，母亲背上了一个小包，把手机装在小包里，小心翼翼地出门，时不时地还把小包举得高高的，贴在耳朵边听一听。

偶尔，我接到母亲打过来的电话，母亲兴奋地对我说：“喂，我在街上遛弯，放心吧，挂了！”

放下电话，我很高兴，母亲终于可以用手机打电话了。母亲虽然用手机打电话不多，却经常从包里拿出来看看，或是向老朋友炫耀说，这是闺女给买的手机。

更多的时候，是我和姐姐给母亲的手机打电话，接通了母亲的电话，我和姐姐踏实许多。母亲接起电话时，总是用很大的声音说话，生怕我们听不清楚她讲的话，也可能母亲觉得这么个小小的方盒子，为什么有这么大的威力？如何能够发出如此大的声音？

在接下来的日子里，母亲的手机，成了她的负担。

使用手机需要经常充电，将小小的插头连接好，对眼神不好、手也不灵活的母亲来说，实在是一件费力费神的事情。

母亲委屈地说：“没怎么打电话，怎么就没电了呢？”

由于使用手机的次数不多，没过多久，母亲就忘记了拨电话和接电话的步骤。不是拨错电话号码，就是手机响了，没能接通。母亲还安慰我和姐姐，我平时也没什么事情找你们，不用手机也行。

没过多久，母亲的手机出了问题，母亲很自责，是自己用坏了手机。我重新给母亲买了一款质量更好、价格更高的手机。我调试好之后，一遍遍教给母亲使用，

生命的心灯

有了上次的经验，母亲很快学会了使用。

母亲试探地对我说："不用再花钱了，我也不经常出门。你有事情，往家里打电话就行。"

一次又一次忘记怎么使用手机，母亲像孩子般委屈地说："怎么学不会了呢？"

母亲的话语，提醒了我。母亲的记忆力不行了，手也不灵活了，我不想让母亲有太多负担，我对母亲说："把手机收起来，咱不用手机了。"

母亲的手机，从此成了摆设。

为了联系母亲方便，又不让母亲为电话所累，我请来联通的师傅，将原来通到客厅的电话线，接通到了母亲的房间，然后走遍小商品市场，买了按键式座机电话，这种电话有很多优点，按键大、字号大、声音大。最为关键的是，电话铃响了，母亲拿起来就能说话。将电话放置在母亲的床头柜上，确保每天晚上睡前，能与母亲道声晚安。

看着我安装完电话，母亲放心了，高兴地说："这个电话又简单又好，比手机经用。"

从此，母亲告别了拥有手机的日子。每天晚上七点半，母亲在自己的房间里，躺在床上，等着我的电话，我会准时与母亲通话，与母亲或长或短地说着话，母亲又愉快地度过了一天。

我放下了电话，也放下了对母亲的牵挂，稍稍心安。

女儿回国过暑假，恰逢六一节，女儿说："以前都是妈妈和姥姥给我过六一节，今天我来陪姥姥过节，让她开开心心！"午饭之后，女儿牵着母亲的手，在院子里散步，女儿拿起手机，不停地给母亲拍照，母亲呵呵地笑着，任由女儿摆布，摆着各种姿势。拍照之后，一老一少坐下来，片刻之间，女儿用手机软件，将拍的底片进行了修图，照片里的母亲，一会儿是戴上的皇冠样子，一会儿披上了外国美女的金色长发，一会儿又扎起了小辫，女儿翻动着一张张照片，让母亲慢慢地看着，两人时不时地哈哈大笑，母亲高兴地说："手机真不错，想怎么照就怎么照，想装多少就装多少。"

看着开心的母亲，我沉思着，手机算什么，母亲所需要的，是我们的陪伴。

8. 读过的书

母亲从小就向往读书识字，对教人识字读书的老师充满了敬重。由于生活所迫，母亲没能有机会走进学堂读书，一辈子识不了几个字，更谈不上能够读书和写字。

从小到大，也许是继承了母亲的基因，我很喜欢读书。当我在灯下读书时，母亲只要有时间，就会坐在灯下，做着手里的针线，静静地陪着我，偶尔抬起头，面带着微笑，看着我。只要母亲能省出一点儿钱，一定会塞给我，让我买回期盼已久的图书，看着我如饥似渴地读了一遍又一遍，母亲面带着微笑，望着我。在母亲期盼的目光中，我读完了中学，考上了大学。

在我离家读大学时，母亲将我读过的所有小人书、杂志、课本等等，一本本收好，全部放进了一个樟木箱子里，这个箱子是我们家里最值钱的一件家具。母亲将箱子锁好，放置在大床底下最靠里面的地方。在母亲眼里，这些书是我的宝贝，比任何金银财宝都值钱。大学毕业之后，我工作稳定了，母亲从床底下，搬出尘封已久的箱子，郑重地交给我，像是完成了一件大事。虽然，我知道，箱子里的书，大部分已经过时，但是，我不想让母亲失望，将这些图书原封不动地搬到了我的宿舍里，同样像宝贝似的放到了我的床底下。

等我做了大学老师，由于专业和教学的需要，经常购书、买书、看书、写书，家里的书柜里、桌上、床上，堆满了各种各样的图书。母亲帮我收拾家务时，最看重的，就是我这些又厚又重的图书，小心地帮我擦拭上面的尘土。我摊开的图书，母亲不敢帮我合上，怕我找不到要读的页码，似乎书上有我没读完的字；我摞在一起的图书，母亲不敢帮我调整顺序，仿佛一摞书里有我的思路。后来，有了女儿，女儿从幼儿园回来，很乐意将刚刚认得的字，教给母亲，看着女儿的识字卡，母亲与女儿一起读，母亲是一个乖学生。

女儿上学之后，很少有时间再教母亲识字。到了晚上，我在房间备课，女儿在房间写作业，先生在练字。母亲一个人无聊地从客厅转到厨房，又从这个房间门口看到那个房间门口，自言自语道："书真那么好看？一家子都忙着看书。"

翻看着女儿一摞摞课本，英语单词、公式符号、化学反应方程式，曲里拐弯，母亲像看天书；拿起我厚厚的计算机教材，比垒墙的方砖都厚，母亲觉得沉甸甸的；看着先生铺满一桌子的宣纸和毛笔，母亲双手背在后面，仔细端详，点头赞许。

过了几天，到了晚上，吃完饭后，一家人进入看书时间，屋里没了动静，也看不到母亲在屋里转悠了，我觉得奇怪，走进母亲的房间，看见母亲坐在床边，戴着老花镜，手里捧着一本很薄很薄的册子，在认真地看着，嘴里还念叨着什么。我坐在母亲身边，询问母亲在看什么。

母亲兴奋地说："你们都忙着看书，我也买了一本书看看。"

母亲边说边将手里的册子递给我，神秘地告诉我，她在菜市场地摊上花一块钱买的。

我端详着这本薄薄的册子，是一本简单通俗的万能历或是黄历，大红的封面，没有几页纸。在我眼里，这算不上书，甚至觉得是迷信。然而，戴着花镜的母亲，把书捧在手里，很仔细地在读，我把放在嘴边的话咽了下去。

从此，每天晚上的读书时间，母亲翻看着她的黄历，有时候还把女儿叫到身边，不认识的字，让女儿告诉她，怎么念，怎么读。女儿一遍又一遍地教姥姥念，还告诉我说，姥姥读的书，真奇怪。

纸张的低劣、装帧的粗糙，经不起母亲每天那么认真地翻看，母亲的黄历磨破了，边儿也卷起来了，母亲拿起针线，重新将书缝好，压平，放进她床头柜的抽屉里。我不忍心打扰母亲，更不忍心将她所谓的书扔掉。

自从母亲读了书，在饭桌上，一家人有了关于读书的话题。母亲说，书上说了，她前半辈子受苦，后半辈子享福。

母亲感慨道，过去和现在的日子，像一个天上，一个地下。母亲的腰，累弯了，劳作的手，累得变了形，苦难在她的脸上留下了太多的印记，母亲靠着她坚实的肩膀，支撑起了整个家。现在，家里的条件好了，日子好过了，经历了新旧时代的对比，母亲感恩国家的强大和富强，感恩在困难中给予她帮助的人。

母亲还欣慰地对我说："书上说了，你的命好，工作不愁，生活稳定。"

母亲比照着她的黄历，还结合现实情况，经过归纳总结，得出了上述结论。在我看来，赶上了改革开放的政策，长在新社会；自己勤奋努力，不断学习，才会工作不愁；与先生一起，同甘共苦，一起经营着小家，才能生活稳定。然而，母亲虔诚地相信命运，相信有神奇的力量主宰着人的命运。我默默地接受母亲所说的命运，不忍打断她，就让母亲，相信她的黄历，相信命运的安排，相信她的女儿命好吧。

这本几乎不能称之为书的书，是母亲至今还在每天翻看的一本书。母亲想不明白的事儿，苦恼的事情，总是喜欢翻看着她的书，从书中寻找着答案。

我无从知晓，母亲读懂了多少，但是，我相信，母亲悟到了其中的道理，比我理解得更多、更深、更透。

9. 老窝

中华人民共和国成立初期，年轻的父母亲响应国家号召，先后从家乡商丘到安阳工作，几经辗转，颠沛奔波，在工作十年之后，也就是二十世纪的六十年代，父亲所在的工厂，建造了厂区家属院，分配了两间平房，一家人才算有了稳定的家。我在这里出生，我的姐姐从这里出嫁，父亲在这里去世。这里的家，留下了一家人简单而又温暖、静谧而又快乐的回忆，人走屋空，这里的家，成了母亲的老窝。

自从上大学离开家，我每年回家住的时间很少，姐姐出嫁之后，家里就剩下父母亲两个人。每次回到家，家的温暖依旧，父母亲的喜悦依旧，然而，家周围的环境却发生了很大的变化，昔日的工厂家属院变成了城中村，北面围墙外的中学，建起来漂亮的教学楼，西边家属院的大门外，盖起来十几层楼的大饭店，昔日宽敞的大门被大饭店的餐厅堵得严严实实，南面家属院临街的一排房屋外，开发了小商品批发市场，每天吵吵嚷嚷，大包小包的商品被运进运出。原来生活气息浓郁的家属院，被四周的喧嚣压得窒息，失去了往日的生机。

整齐宽敞的院子，由于年久失修，加上私搭乱建，原来两米宽的路变成了弯弯曲曲的羊肠小道，路面也变得坑坑洼洼。环境纷杂，生活不便，很多年轻人搬离了大院，只剩下一些老人和租户。我和姐姐先后离开家之后，父母亲相依相伴，一直居住在这里。父亲去世后，母亲坚持一个人守着老屋，不愿意离开。考虑到房屋老化、上公共厕所不便等问题，我和姐姐很是牵挂独自居住的母亲，准备将母亲接到姐姐家居住，母亲执意不肯，坚决地说："这里就是我的家。"

在父亲去世后的第二年，姐姐强行将老屋的水和电停掉，母亲没了办法，拗不过姐姐，只好住进了姐姐家。

姐姐住在安阳新城区高楼的单元房，为母亲的到来，专门准备了房间，希望母亲住得安心。母亲住进了姐姐家，偶尔帮姐姐做些家务，姐姐悉心照顾着母亲，一家人过着平静的生活。然而，母亲还是惦记着她的老屋，一个人经常走上半个多小时的路，回到老屋去，自己在老屋里待上半天，父亲的照片挂在墙上，母亲用鸡毛掸子掸去灰尘；厨房里水龙头生锈了，拧不动了，母亲请隔壁的李大爷来给看看；风刮日晒之下，窗户的合页脱落了，她会一遍遍催促姐姐找人来修。一切就像原来一家人生活在这里一样，母亲把老屋收拾得干干净净。姐姐嗔怪说，屋里没人住，修了也白修。母亲不语，隔三岔五地在姐姐家和老屋间，来来回回，每回去一趟，母亲心情愉悦很多。

离家多年，回家探亲，看望母亲的次数越来越少，在家住的时间越来越短。每次回家乡，母亲、姐姐一家总是给我介绍着家乡的变化，环城公园修好了，安阳新区建好了。儿时的房子、街道、护城河、蓄水坑，变了，没了，我总感觉安阳已将我抛弃了，我与它之间渐渐有了陌生感。

每次回家与亲人们短暂的欢聚之后，母亲都会很郑重地对我说，回老屋看看吧。于是，在短短的几天里，除了处理一些家事，我专门抽出半天时间，陪母亲一起，回到昔日的家属院。走进大院，荒芜的房屋、斑驳的墙壁、废弃的花盆，寂静得让人窒息，墙头窜出来野猫的叫声，还有飘出来的老人咳嗽声，打破了院里的寂静。这里几乎无人居住，留下来的是很少出门的老人。我默默地跟在母亲身后，母亲走一步，我跟一步，昔日大院里的小伙伴的欢笑、妈妈们的闲聊声，似乎就在昨天。母亲背着手，在家门口停了下来，伫立观望，我也停了下来，我和母亲默默无语，久久地望着老屋的样子，我问自己，这里是我儿时嬉戏玩耍的大院吗？这是我久别之后期盼回来的家吗？

母亲回老屋的脚步越来越慢，走不动了，本来半小时的路程，变得如此遥远，母亲有时会央求姐姐开车送她去。后来，家属院被列入拆迁地区，院里几乎没有人在居住，变得更加荒凉，考虑到母亲年迈，眼睛又不好，姐姐不再带母亲回老屋。耐不住对老屋的牵挂，母亲还是瞒着姐姐，自己偷偷花上大半天的时间，回到老屋去看过一次，还在与我的通话中，很满足地告诉我这件事，并且嘱咐我不要告诉姐姐，我无言地遵守着与母亲的约定。事后，姐姐还是知道了母亲回老屋的事情，嗔怪母亲，以后不能再去了，万一摔跤怎么办？

姐姐要到美国定居，我要将母亲接到北京，与我住在一起，母亲心里明白，老屋，她是回不去了。临离开安阳之前，她提出了一个要求，把老屋的房产证带在身边。她把房产证装进一个信封里，又在信封外面裹上毛巾，放进包裹里，带在身边，与我来到了北京。母亲对老屋的念想，变成了一张纸，在母亲的心中，老屋不管多破多旧，分量却是那么重。

中学同学的聚会上，见到了久违的在安阳的老同学们，得到了一个好消息，家乡要恢复古城古貌，市政府要分期分批拆迁、改建老城，我们的家属院在城市改造之列。做城市规划的老同学，给我展示了安阳城市的规划图，从密密麻麻的图纸上，我一下子就找到了家属院的位置标识。图上有儿时记忆的影子，又有陌生的新鲜，很值得期待。我很兴奋，回家告诉母亲，安阳古城要保护，老屋要改造了，肯定会越修越好，等建设好了，我一定带你回去看一看。

母亲的老窝，一定会变成美丽家园。

10. 家乡

　　人来到这个世界上，就会在地球的某个地方留下自己的印记，喝那里的水，呼吸那里的空气，这个地方，被称为家乡。母亲的家乡，在河南商丘县城，母亲对自己的家乡，始终怀着深深的眷恋和美好的回忆。虽然母亲在十八岁时，就离开了家乡，然而，母亲一辈子操着一口的商丘话，俗称中原官话，不会讲普通话。乡音和乡情深深地烙印在母亲的心中，流淌在母亲的血脉里。

　　商丘古城，古时候称为归德城，母亲的家在古城内，四面环绕着灰色的砖城墙，在东南西北四个方向上，有着高高的城门楼，城墙和城门至今保存完好。城墙外有着宽阔的护城湖绕城一周，湖水相互贯通，放眼望不到边，母亲将它称为海子。虽然，我曾经陪着母亲坐着轮船，游过长江，但是，在母亲眼里，家乡的海子，水最深，也最清。母亲家在南城门里，距离城墙不到一里地，经过南门城楼，到城外的护城湖边洗衣服、抓鱼，是母亲年少时经常去做的事情，也是儿时的我随母亲回到商丘时，与小伙伴儿喜欢玩的游戏。

穿过南门城楼，沿着城墙走一小段路，就到了安静的湖边，周围有着一片片的芦苇，湖水清澈见底，能一眼望见水里飘荡的水草，大大小小的鹅卵石，三五成群的鱼儿。我跟着邻居家姐姐一起来到湖边洗衣服，卷起裤脚，脱下鞋子，两脚伸进清凉的湖水里，荡漾的湖水轻柔地抚摸着两条腿，舒服极了，心儿也跟着一起荡漾。被脚下游来游去的小鱼所吸引，追逐着鱼儿，在湖边走来走去，要洗的衣服被冷落在了一边。最快乐的游戏，是与姐姐一起捉鱼，两人面对面，岔开两腿站在水里，在两人中间，把床单叠成长方形平铺在水底，静静地等着鱼儿游到床单上方，两个人用手快速地拎起床单的四个角，同时用力往上兜，鱼儿被包裹在床单里，成了我们的俘虏。身上的衣服弄湿了，脚上沾满淤泥，快乐的笑声在湖面上飘荡。

二姥姥家最小的儿子，与我同岁，按照辈分，他与母亲同辈，我应该喊他小舅，但是我从来没叫过他小舅，而是直呼其名。他有叉鱼的本领，儿时的我，很佩服。他有一根长长的木棍，木棍的一端套着锋利的刀叉，常常在自家的院子里，挥舞着木棍。他很认真地告诉我，他在练功，可是我没见他的功夫有多大长进，但是，他叉鱼的本领，让我觉得很神奇。小舅拿着他的刀叉，神气地走在前头，我和其他小伙伴跟在后面，一起出了南城门，走大约二里地，到了护城湖的大堤上，堤下水流湍急，不时有大鱼从水中跃起，高高跃起的鱼儿，远比我在湖边捉到的小鱼大得多。小舅手握刀叉，站在桥中间，神情专注地观察着水中的动静，突然，他迅速用力下叉，刀叉直入河里，叉子晃动着竖立在河里。小舅跑下湖堤，用绳索套住长长的棍柄，刀叉重新回到他的手中，刀叉的一端，一条被叉中的大鱼还在做着最后的挣扎，堤上的小伙伴们左蹦右跳，拍手欢呼。拿回家的鱼儿，成了二姥姥饭桌上的美味，我也与二姥姥一家坐在一起蹭饭吃。小舅一边吃饭，一边满口答应我，等我再大些，一定把叉鱼的本领传给我。然而，长大后的我们，再也没见过面。小舅手握刀叉，面朝湖水，目光专注的形象，永远定格在我的脑海里。

母亲深爱着家乡商丘，深爱着家乡的亲人，即使在异乡艰难度日，在家乡亲人的召唤下，在姥姥姥爷需要她时，她义无反顾地回到家乡，看望亲人。姥爷瘫痪在床十年，母亲带着年幼的我，在家乡和安阳之间来回奔波十年。回家乡的路，是伤心的路，因为父亲照常上班，为了照顾家里，母亲将我带走，将姐姐留在家里。回家乡的路，是曲折的。从铁路线上来看，从安阳到商丘县城，坐火车经过京广线，南下到郑州，从郑州转车，一直向东，到达商丘。就是铁路图上的这条折线，使得当年的旅途，异常艰难，使得年幼的我，模糊了母亲的家乡和我的家乡的界限，我常常把母亲的家乡，当成了我的家乡。

我出生在安阳，长在安阳。作为父母亲的迁徙之地，父母亲带着些许沉重，操持着家。小时候，每年随母亲回商丘，快乐的日子，似乎只在老家。所以，在我的眼睛里，安阳的影像是灰色的，压抑的。我并不喜欢我的家乡，常常会感到孤独和无助，甚至常常想到逃离。我真正开始接纳它、了解它，是在我上中学之后。我就读的中学在古老的文峰塔下，因为上学有一段距离，父亲将他的自行车传给了我，每天我可以骑着自行车，飞驰在家与学校之间的府巷和胡同中，看到路旁蓄水坑边，梳着长长辫子的美女姐姐洗衣服；听到大叔沿街叫卖的声音，闻到大叔推车上桶装粉浆的味道。每天相遇、相见、相闻，虽然不曾交谈，却是那么亲切。等到我可以更深入认知我的家乡时，我离开了家乡，到外地读书。

每每谈起我的家乡，我觉得很惭愧，我对它是那么不了解，甚至将它一度抛弃。安阳，甲骨文的出土地；文峰塔，造型奇特，具有千年历史；林州红旗渠，人工天河，人间奇迹。我走进殷墟博物馆，我来到文峰塔下，我登上红旗渠，我开始慢慢亲近我的家乡。人到中年，我越来越怀旧，小学、中学的同学联系多了，与同学见面，还是那么投缘，或清茶一杯，或老地方见，还是那么自然。每次回家，与母亲坐在一起聊聊天，开车看看城市的变化，亲切与陌生交织，说不出的滋味。

我自己的小家在北京，是祖国的心脏，全国人民的骄傲。现在，八十岁的母亲在北京养老，作为唯一的依靠，母亲很依恋我，就像小时候我依恋她一样。母亲说："天知道，我怎么会云游到北京来养老？"

我们是谁？我们从哪里来？我们到哪里去？在外面的世界走得越远，对世界的认知越多，我越爱我的母亲，越爱我的家乡，我一直寻找着，在家乡和异乡之间，那条离去和归来的路。

也许，在外漂泊是人生常态，但是，一定不能忘记回家的路，因为，母亲在，家就在，母亲在哪里，家乡就在哪里。

四、母亲语录

"我的真正的教师，把性格传给我的，是我的母亲。母亲并不识字，她给我的是生命的教育……。生命是母亲给我的。我之能长大成人，是母亲的血汗灌养的。我之能成为一个不十分坏的人，是母亲感化的。我的性格，习惯，是母亲传给的。"

——老舍《我的母亲》

1. 吃好

　　17 岁时离开家去上大学，临行时，母亲嘱咐说，读书费脑筋，吃好！大学毕业有了工作，或长或短地与母亲定期通电话，母亲念叨说，注意身体，吃好！有了家，有了女儿，母亲不时地传授着持家之道，育儿之法，叮咛说，照顾好孩子，吃好！

　　"民以食为天"，是妇孺皆知的古训。吃饭，是维持身体技能的本能。然而，吃好，可以有着各种各样的解读，比如，花大价钱购得，费大力气淘来，尝山珍海味、品奇珍异果，可以理解为吃好。再比如，讲究切法刀工，烹调火候，赏精致菜肴，嚼鲜美味道，可以理解为吃好。就像钱钟书先生在《吃饭》中所描写的，"一碗好菜仿佛一支乐曲，也是一种一贯的多元，调和滋味，使相反的分子相成相济，变得可分而不可离的综合。"然而，这些都不是母亲所谓的"吃好"。

　　在母亲看来，家中有粮，心中不慌，只要有粮食，就能吃好。母亲经历了大半辈子缺粮少食的日子，家里有黄色的玉米面、红色的高粱面、黑色的红薯面之类的杂粮面，还有定量供应的小麦磨成的白面，对一家人来说，蔬菜水果、鸡鸭鱼肉，简直就是奢望。如今，家中一日三餐中，换着样儿地煮着香米、珍珠米、有机米，蒸煮出用麦芯粉、雪花粉等做的馒头、饺子。饭桌前，母亲看着冒着热气的饭菜，充满了喜悦和虔诚，无论吃什么，母亲都吃得有滋有味，格外香甜。

日子一天天好起来，我和姐姐总是想着，母亲一辈子不容易，吃了很多苦，变着法儿地让母亲吃好。逢年过节，我和姐姐买来人参、枸杞之类的保健品，让母亲补一补身体，母亲把我们买给她的礼物，像贡品一样，放了一年又一年。家里来了客人，母亲拿起原封不动的保健品，告诉客人："这是我闺女给我买的，不便宜，我还没舍得吃。"

有一次，姐姐不知从哪里寻来补气血的良方，按照药方的要求，将上好的阿胶配上大枣、核桃仁，蒸好，分盛好，嘱咐母亲按时吃。母亲吃了几天之后，嘴上起泡，肚子鼓胀，难受得不得了。姐姐赶紧带母亲到医院去看，一通检查之后，母亲并无大碍。医生问诊，最近吃了什么？饮食有什么变化没有？母亲如实告诉医生之后，医生给出诊断结果，消化不良，胀气郁结。这件事之后，姐姐再也不敢给母亲吃补品。

在母亲看来，汤汤水水，最养人。在我印象中，家里的餐桌上，没有丰盛的菜肴，更没有传杯弄盏，却总有一大锅热热乎乎的汤，像疙瘩汤、面汤、米汤等，母亲常常就着当天的主食而定。偶尔吃一顿饺子，煮饺子的汤，也是一滴不剩，一家人全喝光。我喝汤的习惯，就此养成，虽然煮汤的食材极其简单，母亲随手拈来，但是天天有热汤喝，瘦弱的身体，毕竟变得越来越结实。上大学时，放假回家，下了火车，进了家门，吃下一碗母亲做的热汤面，是我日思夜想的美味。

牛奶是现代生活中十分重要的一种食物。女儿断奶之后，给女儿订购了各种各样的牛奶饮品，母亲却不以为然，固守着原有的饮食习惯，坚持用汤水喂养我的女儿，还以我为例子，教导着我的女儿，从前没有牛奶，你妈是喝着米糊长大的，长多高的个子啊！还是汤汤水水好，妞妞天天喝汤，又漂亮又健康！我坚持给女儿喝牛奶，母亲坚持给孩子喂米汤，几个回合下来，最后还是随了母亲，搞得女儿至今不爱喝牛奶。

母亲固守着她的育儿观，养大了我和姐姐，还帮我和姐姐带大了下一代。一日三餐中，用简单价廉的食材，做着原汤原食，养育了两代人，诠释着"吃好"的朴素道理，没有对大鱼大肉的奢望，也没有对烹调技艺的讲究。在母亲的影响下，家里的孩子们，从不挑食，没病没灾，一家人过着简简单单的生活。为此，母亲很知足，也很欣慰。

参加工作至今，母亲对我的唯一要求是吃好、注意身体。母亲的不奢求，让我能够坦然面对一切困难和挑战。每天踏踏实实工作，我不仅能够自己吃好，还能够让一家人吃好，尝试着用母亲的方法，做出粗茶淡饭，还有热乎乎的汤水，一家人快快乐乐地生活。没有外卖大餐，没有杯盘狼藉，不为升迁提薪而给自己较劲，不为美酒美味而寝食难安。

女儿出国读书了，逢年过节给姥姥打个电话。

年迈的母亲问，:"美国有面吗?"

女儿干脆地回答:"有!"

母亲高兴地说:"有面就好!"

母亲哪里会知道，美国人与中国人不同，他们是喝牛奶，吃面包。然而，在母亲看来，有面粉，人就可以吃好，就可以身体好，学习好，工作好。

挂断电话之前，母亲对女儿的叮嘱，还是那句话，吃好，注意身体!

2. 听老师的话

母亲生于二十世纪三十年代，在家中排行老大，下面有两个弟弟。对母亲而言，在家跟姥姥学着烧火做饭，是女孩子的本分；读书，是遥不可及的事情。大舅，是大家庭里的长子长孙，颇受家里人待见。母亲曾回忆说，家里有一个白面馒头，肯定是留给弟弟吃的。大舅从小长得白白净净、单薄纤弱，姥爷教大舅学手艺，从砍木头、拉大锯开始学起，大舅既不喜欢做，也没有力气做。姥爷没了办法，认定大舅不是做木匠手艺的料，不再教大舅手艺，只好让大舅去上学。就这样，大舅被姥爷送到私塾里去上学，大舅读完小学、上中学，成为母亲那一代里最有学问的人。

中华人民共和国成立后，政府组织了扫盲班，母亲得以有机会识了一些字，由于工作辛苦、家务繁重，母亲再也没有了时间和精力读书识字，成为母亲一辈子的遗憾。

在我未满六岁时，离家不远的小学校开始了入学报名，我跟着小伙伴一起去了小学校，面试通过了，负责

生命的心灯

入学登记的刘老师让我回家取户口本，我急忙跑回家，告诉母亲，母亲拿出户口本，我还未满六岁，还不到上学年龄。母亲安慰我，到了明年上学。可是，我想上学，我央求着母亲。母亲只好带着我，来到小学校，向刘老师说明了情况。刘老师答应了，还替我交上了两元钱的学费。毫无思想和财力准备的母亲，随后还上了刘老师的两元钱，嘱咐我说："多亏了刘老师，要听老师的话，好好读书！"

从上学起，我爱上了学校，碰巧的是，刘老师是我的班主任，教语文课。刘老师的眼睛又大又圆，很好看，刘老师的声音清朗圆润，很好听，我特别喜欢上语文课，喜欢跟着她朗读课文。放学回到家，我还是放不下书，捧在手里，像宝贝一样，读了一遍又一遍，边读还经常要抄抄写写。为了读书，我晚上可以不吃饭、不睡觉，母亲常常陪着我，一直到深夜。

中考的经历，我永远都不会忘记。中考的时间是在一个周六，下着小雨，而我却稀里糊涂地记错了时间，以为考试时间是在下一个周六。中考那天，离考试时间还有一个小时，同学和老师都提前来到了考场外等候，班主任李老师发现，我还没到，急忙向同学们打听到我家的地址，骑着自行车一路问询，一路找寻到我家。见到在家读书的我，一把拉起我，用自行车载着我，急匆匆来到考场，使我按时参加了中考，顺利上了高中。回忆起这一幕，母亲还心有余悸："多亏了李老师，要听老师的话，好好读书！"

牢记母亲的话，我很争气，书读得好，年年被评为"三好学生"，每学期都从学校领回来一张张奖状。母亲见过的老师，温文尔雅，举止文明。母亲相信，是老师，让女儿那么爱上学、爱读书；是老师，把她不懂的和想不明白的道理，讲给女儿；是老师，在关键时刻，给予贫寒出身、没有任何背景的女儿，最直接、不求回报的帮助。

把我交给学校、交给老师，母亲一百个放心。在我每天背着书包、准备去上学的时候，母亲对我最多的嘱咐是，听老师的话！每到过年的时候，让我穿戴得整整齐齐，到老师家去拜年，是母亲安排的重要礼数。离家在外，偶尔回到家乡，让我抽出时间，去看望老师，是母亲交代完成的大事。

母亲朴素的一句话，让我在十多年的求学过程中，一直努力在做一名老师的好学生。从小学一直读到博士毕业，教会我读书、传授给我知识的老师们，数不胜数，我忘记了他们的名字，没有了他们的消息，然而，每位老师在课堂上的音容笑貌，我记忆犹新，因为我是踩着

生命的心灯

每一位老师的肩膀，一步步走出来的。

也许是受母亲的影响，也许是追寻内心的召唤，如今，我一直在努力做一名学生的好老师。听老师的话！母亲常对我说的这句话，时时在提醒着我，鞭策着我，使我充满了对三尺讲台的敬畏，对莘莘学子的责任。

在我的心目中，母亲是我一生敬仰爱戴的老师。

3. 过生活，心要大

父亲和母亲是同辈人中最早走出商丘县城、在外工作的人，是让亲人们羡慕的国有企业的工人。父亲的哥哥嫂子，生养了六个孩子，无力照顾奶奶。父亲将年迈的奶奶接到家中照顾，一直到奶奶去世。姥爷生病，不能再做木匠，家里没了生活来源，母亲承担起家里的重担。母亲常说，过生活，心要大。母亲以她的隐忍和包容，默默承受着举目无亲的无助、体力劳动的辛苦等困难，给亲人们很多的帮助。

父亲生性自由，吃穿用度，全不操心，家里的大事小情基本都是母亲一手张罗。父亲认真工作，对生活要求不高，只要出门有干净衣服穿，回家有热饭热菜吃，就很满足。

父亲在工作之余，喜欢骑着自行车到处探访名胜古迹、了解风土人情。安阳古城里的千年古塔文峰塔，上大下小，是一座"倒立"的塔，经历数次地震而不倒，父亲觉得很神奇，多次登塔，一探究竟。城外二十里地外的水冶镇珍珠泉，清澈见底，雾气腾腾，犹如仙境，泉水为什么咕嘟咕嘟往上冒泡？父亲在不同的季节，一次次来到泉边，仔细观察。洹水北岸的太平镇有袁世凯的坟墓，袁世凯死后是不是埋葬于此？为什么要葬于此？父亲向当地人打听了很久。父亲喜欢将这些奇闻逸事，自己弄明白之后，骑着自行车，一前一后载着我和姐姐，来到这些地方游玩，将他看到的、听来的，很认真地讲给我和姐姐听。可惜，我和姐姐似乎并不喜欢听父亲编的故事，反倒是更喜欢坐在父亲的自行车上，像飞一样到处兜风的感觉。

父亲的另一爱好是唱京剧，结交了很多戏友。父亲身材高大，声如洪钟，最喜欢的是京剧《铡美案》中包公的唱段。逢年过节，父亲经常请一大帮戏友到家里来，吹拉弹唱，喝酒唱戏，好不热闹。我和姐姐，还有家属院的孩子们，围拢在父亲周围，听戏、做游戏，还有好吃好喝的，很是尽兴。母亲脸上带着笑，忙里忙外，招待着客人和孩子们。客人走了，父亲喝得烂醉，我和姐姐也玩累了，呼呼大睡，母亲默默地收拾着残局，一直忙到很晚。

在我的印象中，父母亲很少吵架，两人偶尔的争吵，都是以父亲洪亮的声音开始，以母亲的沉默结束。在那个艰苦的年代，在异乡的日子，父母亲相依相伴，同甘共苦，母亲无怨无悔地接纳了父亲的随性和自由，艰难地操持着家。母亲说："嫁鸡随鸡，嫁狗随狗。"

　　三年自然灾害时期，饥荒严重，食品短缺。父母亲无依无靠，生活的艰难可想而知，两个人先后因为营养不良住进了医院。父亲身材高大，在工厂做很重的体力活，食量大，定量供应的粮食，根本不够吃，经常饥一顿饱一顿，看到有些工友忍受不了饥饿，跑到农村去找生路，父亲有些熬不住了，想着回到老家商丘，有亲人在，日子可能会好些。父亲与母亲商量，母亲坚决不同意。后来，跑到农村的工友又跑了回来，说农村的生活状况更糟，更难熬。年迈的母亲想起当时的情景，依然记得清清楚楚，母亲说，如果当时听了父亲的话，回到乡下，后果不敢想象。望着母亲安详的神态，我依然能够感觉到母亲的坚不可摧，韧不可破。

　　大学毕业时，我面临着工作去向的选择，父亲盼着我能够回家，找个安安稳稳的工作。一辈子不求人的他，拎着自己都舍不得吃的点心，带着我去见这个叔叔、那个阿姨，恭恭敬敬地向他们介绍着我的情况，我默默地站在父亲身后，一言不发，不忍心让父亲为了我，低三下四地到处求人。一心想离开家的我，暗自下决心，靠自己的本事，到北京去工作。我和父亲意见不一致，一度僵持不下，关系有些紧张。母亲倒是想得开，平静地对父亲说："闺女翅膀硬了，随她飞吧。"父亲不再坚持，最终我实现了自己的愿望，去了北京工作。

我结婚的时候，与先生回到安阳。没有气派的婚礼，没有豪华的婚宴，母亲准备摆上一桌家宴，宴请亲朋好友。在婚宴的前一天晚上，很少下厨做饭的父亲，一夜未睡，亲自给我包饺子，微弱的灯光下，父亲一边包饺子，一边掉眼泪，他蜷缩着背，不停地抽噎。一向乐观的父亲，变得如此难过，如此失落，好像他即将失去他的一切。远远地看着父亲，我哭了，我是他最心爱的宝贝，是我把父亲的心掏空了。母亲倒是心大，喜气洋洋地劝父亲："闺女大了，总算嫁出去了！"

父亲不到六十岁，得了脑血栓，半身不遂，躺在了床上，需要人照顾。平日爱唱好动的父亲，一下子接受不了，经常发脾气，不配合治疗，母亲不多言、不多语，任由父亲发作，一直悉心照顾着父亲的饮食起居。在父亲心情好的时候，母亲将医生的嘱咐反复讲给父亲听，尽量减轻父亲的病痛。经过多方打听，母亲尝试着扎针灸、按摩、吃中药等各种方法，为父亲治疗。生病卧床三年之后，父亲离开了人世。父亲病重期间，女儿尚幼，没能很好地照顾父亲，成为我心中永远的痛。父亲走后，女儿大了，事业顺了，也买了房子，接母亲来到北京，带着母亲去看鸟巢，带母亲去参加女儿钢琴表演。母亲拉着可爱的外孙女，看着眼前的美景，自言自语说："要是你姥爷活着，能享受这样的好日子，该多好啊！"

每年的清明节，我都会想念父亲，早早与姐姐商量着，一起去祭拜父亲。这个时候，母亲常常安静地坐在窗前，望着远方，母亲也在想父亲。母亲告诉我和姐姐："给你爸多送些钱和衣物，你爸托梦给我了，等我到了那边，你爸会来接我。"

在母亲眼里，在这个世界上，对她最好的人，是我的父亲，在母亲心中，最重要的人，是我的父亲。

4. 走高岗，走低洼

在母亲八十岁那年，我回家乡看望母亲。

我下了火车，急匆匆往家赶，到了大门口，一眼就认出来母亲，她站在大门口的一旁，与常年在门口修自行车的师傅一边聊着，一边向外张望。迎上前去，拉起母亲的手。修车师傅告诉我，母亲已经在这里等了好长时间了。听了师傅的话，我鼻子发酸，眼圈泛红，搀扶着母亲，快步向家走去。

进了家门，放下行李，与母亲面对面坐在沙发上。沙发前的桌子上，母亲早已摆好了水果和糕点，母亲脸上带着兴奋的笑，眼里泛着光，招呼着我，吃这个，吃那个。我端详着母亲，一年多没见，母亲老了很多，值得欣慰的是，母亲精神状态不错。在我记忆中，年轻时的母亲身材高挑，身板挺直，走路风风火火，眼前的母亲，动作缓慢了，腰弯了，衣服也穿不伸展了。

母亲慢慢对我说："年轻的时候，没日没夜地干活，还带着你年年坐夜车回老家，再到后来，一个人背着包袱到北京看你，从来没觉得害怕，现在不行了，胆小了，走到哪里都害怕，不敢去。"母亲给我讲起，她年轻时上班走夜路的经历。

中华人民共和国成立不久，十八岁的母亲，进了工厂做工，早中晚三班倒，家里没有钟表，只能看天上的星星，估摸着时辰。那时候，家里买不起自行车，母亲从家到工厂上班，要走半个小时的荒路，白天走还可以，到了晚上，没有路灯，漆黑人静，母亲提心吊胆，摸索着前行。有一次，母亲摸黑起床，走夜路去上班，迎面遇到一只野狗，不停地对着她狂叫，母亲拼命地跑，野狗跟在后面追，正巧跑到一位工厂同事的家门口，母亲上前使劲敲门，门打开了，母亲慌忙躲进屋里。同事问清原委之后，母亲才明白，自己看错了时辰，在同事家足足等了两个多小时，天蒙蒙亮，狗也不叫了，母亲才按时去上班。

随着工厂合并，母亲响应号召，二十一岁时只身一人来到安阳工作。两年之后，父亲才从老家调到安阳，与母亲团聚，在另一家工厂做工，两人的工资都很低。为了省钱，父母亲在城外，租了一间九平方米的小屋，暂时安顿下来。不久之后，我的姐姐出生，年迈的奶奶也来到安阳，帮着母亲照看我的姐姐。白天上班的母亲，每天中午，在一个小时休息时间里，一路小跑，赶回家去照顾襁褓中的姐姐，而后又急匆匆赶回工厂上班。

　　面对沉重的体力活、嗷嗷待哺的孩子和年迈的老人，母亲经常累得眼睁不开，腿迈不动，实在没辙了，从不求人的母亲，硬着头皮，战战兢兢地来到厂长办公室，向厂长说明了家里的实际困难，请厂长帮助解决。厂长了解到一家老小的真实情况之后，在火柴厂附近，腾出来一间职工宿舍，借给一家人住。虽然只是一间土坯房，却帮一家人暂时解决了眼前的困难，减少了母亲往返于工厂和家的奔波。由于长期无人居住，土坯房里，满是尘土蛛网，靠墙有一个废弃的土炕，父亲一箩筐一箩筐地往外运土，重新把土炕垒起，母亲在土炕上铺上草席，里里外外打扫干净，一家四口，总算有了一个简单像样的家。母亲说起这件事，对厂长感激不尽，厂长姓什么、长什么样，母亲记得清清楚楚。

　　后来，母亲工厂里有了托儿所，解决了像母亲一样的女工们喂奶哺乳的问题。出生不久的我，就被母亲带到了厂里的托儿所。母亲告诉我说："是张姨救了你的命，没有张姨，就没有你的今天。"按照工厂的规定，在午饭时间，妈妈们有一个小时的喂奶时间。在一个中午，母亲和车间里的张姨一前一后来到托儿所，两位母亲坐在床边，抱着各自的女儿，享受着短暂的母子相聚的时间。

正值冬季，母亲给我裹紧小被子，喂我吃奶。疲惫的母亲，抱着我，搂得紧紧的，晃晃悠悠，睡着了。突然，一阵慌乱，将睡梦中的母亲惊醒，张姨在喊："孩子没气了！"母亲怀里的我，一把被张姨夺走了。原来，到了上班时间，张姨准备叫醒母亲，发现襁褓中的我，被睡着的母亲捂得严严实实，快没气了，嘴唇发紫，一动不动。张姨急忙把母亲摇醒，从母亲怀里把我抱起，向厂里的医疗室跑去，把我送进去抢救。惊醒的母亲，吓得腿一软，瘫倒在地上。医生说，再晚一个小时，这孩子就没救了。我的命捡回来了，母亲抱起我，放声大哭，对工友们感激不尽。母亲仔细回忆着这一场景，好像就发生在昨天一样。张姨，与母亲同龄，也是从外地调到厂里工作，与母亲有着相同的境遇，是母亲的好工友。如今，张姨身体尚好，两位老姐妹经常见面，我为她们一辈子的友谊而感动，也为自己的起死回生而感到幸运。

母亲一辈子很苦，我也曾与母亲一起经历过苦难，然而，坐在我面前的母亲，说起曾经的艰辛日子，甚至经历的生死，神态是那么安详、那么平静，提起曾经帮助过她的每一个人，她清晰地记着恩人的名字和音容笑貌，昏花的眼睛里闪着亮光，充满了感激之情。母亲说，人一辈子，高高低低的，哪能总走高岗，不走低洼？

苦难的日子里，母亲从来没有经历过风风光光，也没有过片刻的扬眉吐气，母亲走过的人生，平平淡淡。有吃有穿、没难没灾，就是在高岗上，母亲很知足。所遇到的困难和不测，母亲靠着坚强和隐忍，在好心人的帮助和接济下，一次次地克服困难，化险为夷。在迈过低洼之后，母亲感激恩人一辈子，而且还不时地告诫我和姐姐，要懂得感恩。

随后在家里的几天，母亲最乐意做的事情，是坐在沙发上，一段一段地给我讲着过去的故事，一遍又一遍地念叨着恩人的名字。就像小时候，我在灯下读书，母亲在旁边默默地陪着我一样，我静静地坐在她的对面，陪着母亲。母亲说："人一辈子，高高低低的，哪能总走高岗，不走低洼？"

5. 就好了

　　母亲劳作一辈子，没给女儿们带来万贯家财，也没有给自己盖出金屋银屋。每天，母亲忙着装火柴梗，母亲很踏实，我和姐姐很踏实，一家人很踏实。母亲一生从未憧憬过蓝图美景，也从未喊过豪言壮语，每天，母亲忙着手里的针线，母亲很知足，我和姐姐很知足，一家人很知足。如今母亲老了，一生的劳作，让她的双手变形了，腰弯了，也许上天眷顾母亲，让母亲身体还算硬朗，胃口好，身体好，笑容总是挂在脸上，母亲说："现在的日子，真好啊！"

　　如今，看着忙里忙外的我，母亲对我说："我闲着没事，有啥活儿，我帮你做一做。"为了让母亲高兴，我有时候会专门找一些她力所能及的小活儿，交给她做，满足一下她老人家干活儿的嗜好。

　　在我印象中，母亲手里总有忙不完的活计，做饭、洗衣、做针线、摆弄花花草草……低头一声不吭，一刻不停地干活儿，成为母亲一生的写照。劳动最光荣，奋斗最幸福，这句话，送给母亲，一点儿不为过。

在我小时候，一家人住在低矮的小屋里，母亲从早忙到晚。为了一家人的一日三餐，母亲在灶台旁，生火、蒸馍、刷锅洗碗，灶台是母亲的领地，打赢了，她的孩子们就有饭吃。炕头前，为了一家人的冬袄夏衫，母亲在灯下纳鞋底、做针线、缝缝补补，炕头是母亲的舞台，成功了，她的孩子们就有衣穿。母亲常常坐在饭桌前，把好吃的夹到我的碗里，看着我狼吞虎咽地吃下去，自言自语道："正是长身体的时候，等闺女长大了，就好了。"

在我上中学时，家里有了电灯，一家人告别了煤油灯，晚饭后，灯下的饭桌收拾干净，变成了我的书桌。在昏黄的灯光下，母亲低头做着针线，我低头做着功课。母亲不时地停下手里的活儿，抬眼望着我，我做功课很慢，看书很痴，常常熬到很晚，不管多晚，母亲都默默地陪着我，等我读累了，躺在床上睡下了，母亲帮我掖着被子，自言自语道："正是读书的时候，等你考上大学，就好了。"

我上了大学，每月所需的生活费，父亲按时给我寄来，让我安心读书，不要挂念家里，有时候还给我寄一些炒熟的花生米，让我补充营养。等我大学毕业时，我才知道，父亲把每月家里大部分的收入，按时寄给了我，

167

可是父母亲却是省吃俭用。为了贴补生活，夏天，母亲推着父亲定做的小推车，扎着围裙，顶着烈日，在街上叫卖着冰棍；冬天，母亲带着棉帽，穿着厚棉衣，在街上卖酥糖。当我知道了这件事，我流泪了，母亲帮我擦去眼泪，对我说："闺女不哭，妈不累，等你能挣钱了，就好了！"

我大学毕业了，如愿成为一名大学教师。父母亲特地从家乡来到北京，在校园里逛逛，走进我的宿舍看看，还到食堂里品尝了一下学校的伙食。父母亲对我的工作很满意，爱读书的女儿，终于可以靠本事吃饭，不再像他们那样靠体力过活；父母亲对我的工作和生活环境很放心，吃饭住宿都很方便，不再像他们那样在陋巷蜗居。父母亲考察两天之后，为了不影响我工作，准备回家，离开之前，母亲说："这么好的工作，闺女好好干，将来有了自己的家，就好了！"

看着我白天上课，晚上备课，忙得不可开交，母亲插不上手，也插不上嘴。她默默地帮我料理着所有家务，还从老家托人带过来棉花，给家里人准备一年四季的被子，夏天的夏凉被，春秋的薄被子，冬天的厚棉被，母亲一针一线缝制好，给我收纳好，母亲说："还是咱老家的棉花好！"在白天繁忙的工作之后，夜晚，躺在母亲亲手做的被窝里，我睡得很香、很踏实。休息好了，工作自然就做好了，年年拿回来奖状和证书，捧给母亲看，识不了几个字的母亲，常常端详着我的获奖证书、我上台领奖的照片，看了又看，摸了又摸，很为我高兴，自言自语道："有工作干，有房子住，就不错！等退了休，就好了！"

就好了，每当母亲说起这句话，总是眼中闪着光，嘴角带着笑，脸上充满了希望。母亲所谓的"好"，其实很简单，一顿饱饭、一份工作、一个温暖的家。母亲就是这样，不贪婪，不奢求，不攀比，平和宁静，知足常乐。在一年又一年的期许中，母亲忙碌着，操劳着，永不停息。

积好、惜好、修好，成就了母亲顽强的生命力，也成就了母亲一辈子的好福气。在渐渐老去的母亲面前，我常常感受不到她的衰老，而是越来越感受到母亲的强大力量。这种力量，简单纯粹，从小到大，符合对生命规律的追求，亘古不变。这种力量，专注坚定，由弱变强，充满了对生命的尊重和敬畏，生生不息。

从平凡的母亲身上，我学到了，生活和精神极简，乃是人生的最高境界，我将继续去求索。

6. 院里的大人物

父母亲从参加工作开始，一直到退休，都是工厂里的普通工人，而且一辈子从事着简单而繁重体力劳动。然而，父母亲很知足，只要不惜力气，拼命干活，工厂就给发工资，后来还给他们分配了住房。二老退休之后，国家还给发退休金。因此，父母亲对工厂充满了感激和热爱，父母亲对工厂还有另外一个称呼——单位。

从中华人民共和国成立，到改革开放前30年，单位是中国城市中最基本的社会管理与组织形式。单位大院，是党政机关和工厂企业的主要物质形态与空间载体。特别是职工住房，一般由单位负责兴建、分配和管理。人们的工作、生活形成了一个个完整且较为封闭的物质空间，有的有围墙，有的没有围墙，称之为单位大院或家属院。我出生并成长于父亲所在工厂大院的家属区，简称家属院，从我有记忆到我离开家乡，我们一家一直住在单位大院里。

父亲所在工厂的家属院里，分布着一排排红砖青瓦的平房，排与排的间距很大，每排房子的布局相同，一间厨房、一间住房，家家都一样，简单的布局，同质化的生活。住在大院里的叔叔阿姨，都和父亲是同事，大院里的孩子们，从一出生就带着家属院的特有基因，大家往往从上幼儿园开始，一路成为小学、中学的同学。在那个年代，家家都有好几个孩子，打小一起长大，哥哥姐姐、弟弟妹妹叫着，百家饭吃着，成群结队地玩着，烙下深深的家人般的亲情印记。

那时候，家属院里小伙伴们玩的游戏，往往是在院子里的群体游戏，石头剪子布、捉迷藏、钻防空洞等等，或统一行动，或分成对立的双方，或男女分组，虽没有绝对的权威，却总是有个一呼百应的首领，就是常说的孩子王。小伙伴们当中，谁家阔、谁家穷，谁家男孩多、谁家没男孩，谁的家长是几级工、谁的家长是科长，大家都略知一二，这些直接影响着在小伙伴中的地位和权威。

父母亲不是本地人，属于外来户，势单力薄，没有底气。家中年迈的奶奶，加上我和姐姐，一家五口靠父母亲的收入生活，父母亲都是厂里的普通工人，工资低，经常有无米下锅的时候。母亲找邻居借钱，这个月借、下月还，是常有的事情，为此，父母亲经常在邻居面前，感到很难为情。所以，在大院里，我们一家人是弱势群体，我和姐姐在小伙伴们当中，属于默默无闻的追随者。

然而，父母亲老实本分，是家属院里大家公认的。左邻右舍搬煤球、买大白菜，父亲从来不惜力气，脏活累活抢着干。母亲心灵手巧，我和姐姐身上穿的衣服永远整齐干净，母亲养的花，开得最鲜艳。大哥和大姐的早逝，让父母亲伤心不已，他们祈祷着，姐姐和我能够健健康康地活下来。母亲虔诚地相信算命先生，神神秘秘从算命先生那里，求得一卦，求来一块砖，上面刻了保佑平安的咒语。在夜晚某个时辰，父亲悄悄爬上房顶，将带着咒语的神砖立在了屋顶上，用洋灰牢牢糊住。

　　说来也奇怪，自从父母在房顶上立起了神砖，姐姐身体见好，不再吃药打针，长得也越来越漂亮。我虽然还是瘦瘦弱弱，但是学习成绩却是小伙伴中最棒的。放学回家后，小伙伴们喜欢聚集在我家写作业，一起讨论问题，一起谈天说地。放寒暑假，我还将比我年纪小的孩子，召集在一起，把我在学校里刚刚学会的字，有模有样地教给他们。家属院的叔叔阿姨们见了面，常常夸我："这个小老师不错，学习好，又懂事。"渐渐地，我在大院里的孩子们中，树立起了小小的威信。

　　长大之后，我成为家属院里第一个大学生，大学毕业之后，在北京工作，成了一名大学老师。在很长一段时间里，我的经历，成为家属院里的大人们教育自家孩

生
命
的
心
灯

子的活教材。

我工作之后，回家的时间少了，见到家属院的邻居们机会少了。闲暇之余，就像谈起自己的家事一样，母亲向我介绍着家属院邻居们的近况，隔壁的贾叔去美国看儿子去了；对门快人快语的刘姨去世了；院里最调皮的强子当兵了；与母亲要好的丁姨当奶奶了，有了一个大胖孙子；我最要好的小学同学艳萍，工厂不景气，下岗了。昔日沉默不语的母亲，讲起这些大院里的喜怒哀乐、邻居们的家长里短，声音高了，话多了。

母亲很欣慰，从小只顾闷头读书、少言寡语的闺女出息了，而且还在让人向往的首都北京，有了让人尊敬的职业。母亲感慨曾经的艰苦和如今的幸福。母亲坐在沙发里，跷起腿，高声地说："家属院里总算出了个大人物！"

我一愣，问母亲，谁是家属院里大人物？

母亲骄傲地说："你就是大人物！"

辛劳的母亲，上班时低头装火柴梗，下班回家后，低头忙家务，母亲见过的唯一的大人物，是工厂的厂长，却如此骄傲地说，女儿是家属院的大人物。谦卑的母亲第一次口出狂言。

我知道所谓的大人物的含义，也清楚地明白，自己不是大人物。然而，我接受了母亲的狂言，也从此接受着母亲给我这个"大人物"的任务。我在北京的家，成为家属院里邻居们的落脚地，关于家属院里孩子们上学读书的问题，当仁不让，我成了答疑解惑的老师。

只要邻居们开口，母亲都会千叮咛万嘱咐地交代我，一定要把事情办好，都是老邻居，是自己家的事情。我答应着母亲，尽自己所能，全力做好邻居们的接待和问询，生怕辜负了母亲，辜负了家属院里的邻居们。

7. 有困难，自己要克服

最近，读到学者贺萧的著作《记忆的性别》，她从女性的视角，讲述中华人民共和国成立到改革开放的社会主义历史，她对七十二位妇女进行了深度访谈，通过口述史的方式，展示了妇女们的生活轨迹。书中研究的客体，与母亲是同龄人，读来颇感亲切，细细研读的同时，我审视自己，作为女性，我与母亲一代人，有着太多的不一样，也有着太多的相同，我延续着母亲的血脉，一辈子记着母亲的话，有困难，自己要克服。

中华人民共和国建立之后，十八岁的母亲，成为社会主义国有企业中的一名女工。很多与母亲同龄的女性，从封建受压迫中解放出来，在走出家庭、走上社会的同时，拼命挣工分，勉强维持生计，无休止的家务活计和养育一大堆儿女，成为她们生活的主导。

母亲几乎没有经历花样青春，就成了妻子或母亲的角色，特别是在那个特殊年代，为生存下去，为养育儿女，饱经沧桑和伤痕，失去了自然的温情和美丽。母亲的形象，永远定格在齐耳短发、蓝衣灰褂。

在我能够自食其力之后，我特别喜欢给母亲买各种鲜艳的衣服，比如红毛衣、红外套、红围巾，还有红鞋子。在我眼里，经历过岁月沧桑的母亲，穿上红衣，气定神闲，淡然稳重，是最美丽的母亲。如今，我也是一位母亲、一位妻子，在我成长的每一个阶段，我越来越从母亲身上，感受到她的坚毅与自尊，感受到她内心的强大。

母亲是火柴厂一名普通女工，那时的火柴厂是以手工操作为主、简单的工具设备为辅的火柴生产作坊。母亲的工作是将一根根火柴梗按一定的数量装到火柴盒里，每月可以获得微薄的工资，贴补家用。后来，工厂里有了半人力、半机械的机器，母亲的工作还是用手操作机器，将火柴梗装进一排排火柴盒里。母亲回忆说，每天上班，最大的念想，就是多装几盒火柴，多挣几分钱，家里老老小小等着米下锅，没了生活来源的姥姥和姥爷需要接济。一直到退休，母亲都是装火柴车间的一名普通女工，母亲说，没有别的办法，有困难，自己要克服。

小时候，经常看到母亲拿出存钱的匣子，攥着几张钞票，还有粮票和布票，数了又数，停下来想了又想，然后小心地将匣子放好。尽管父母亲消耗巨大的体力和精力，所获得的工资，往往不足让一家人轻轻松松度日。母亲从不抱怨，也很少唉声叹气，算计着每一分一角钱，让一家人能够吃饱穿暖。在紧巴巴的日子里，母亲经常从即将歇市的菜市场里，淘回来一堆小鱼小虾，给一家人打打牙祭，一家人围坐在一起，其乐融融。在低矮的屋檐下，母亲的小花坛，鲜花盛开，在我悲伤郁闷时，我喜欢对着花儿，说出心中的愿望。美丽的花儿，成为我倾诉的对象。

小时候，我喜欢读书，在困苦的日子里，我从读书中找到了快乐，钻入书中，我好像在自由自在的翱翔，无拘无束的畅游，享受着心灵上的满足。上高中了，迷茫困惑时，前面微微的光在颤动。读书改变命运，也许是我唯一的出路，我不想让母亲为我的将来担心，我不想让父母亲再过苦日子。离家上大学，是我第一次出远门，母亲送我到火车站，母亲对我说："出门在外，有困难，自己要克服。"火车开动了，望着渐渐远去的母亲，我哭了。大学四年，我很想家，也很想母亲，但是，想起母亲的那番话，我咬牙坚持下来，沉浸在学业中。

大学毕业后，独自在陌生的城市工作，没有亲人和朋友，与年轻时的母亲一样，凭靠着对未知世界的无畏，以及对美好生活的向往，尝尽酸甜苦辣，感知世故冷暖。我与年轻时的母亲一样，没有可以依靠的权势，没有可以传承的财富，只能白手起家，在工作中做最好的自己，在生活中做最好的自己。与年轻时的母亲一样，我在北京立住了脚，扎下了根，心不再漂泊，越来越熟悉这座城市，越来越喜欢这座城市。有困难，自己要克服，母亲的话，总是在我无助无望时鼓励着我。

母亲多次来到北京，带着母亲游过很多旅游景点，六十多岁的母亲最大的愿望是到天安门广场看升国旗。早晨四点多，我带着母亲匆匆起床，提前来到天安门广场，静静等待着庄严时刻的到来。在五星红旗冉冉升起的那一刻，母亲落泪了，我也落泪了。升旗仪式结束之后，我和母亲在天安门广场，环绕四周，徐徐漫步，我搀扶着母亲，一一讲给母亲听，指给母亲看。广场的东侧是中国国家博物馆，西侧是人民大会堂，南侧是正阳门，广场的北端是壮丽的天安门城楼。面向着天安门城楼，望着毛主席像，母亲驻足很久，表情肃穆，母亲对我说，做梦都没想到，能来北京，能看一看天安门。

在为人妻、为人母之后，面对稳定的工作、安逸的生活，我一直在思考着，我是谁？在未来可以成为什么样的人？我无法找到答案，于是，四十岁的我，决定考取博士，继续学习深造。母亲知道后，不问我为什么，也不问学什么，还是那句话，书永远都读不完，有困难，自己克服。母亲的话，更加促使我坚持自己的爱好，追求内心的宁静，享受读书的快乐，品味人生的价值。

五年苦读之后，当我戴上博士帽的时候，母亲仔细端详着，一顶她从没见过的、既不中看、又不中用的帽子，母亲真的是看也看不透，想也想不清楚。然而，母亲是理解我的，因为母亲知道，我找到了答案，我的内心是快乐的，不为别的，为我自己。

母亲一辈子识不了几个字，做着最简单的体力活，手里排着一根根火柴。而我，一辈子爱读书，做着看似高大上的学问研究，手里码着一个个方块儿文字。母女俩的文化程度、职业生涯、生活轨迹似乎天壤之别，然而，母亲理解我，我也理解母亲，母亲爱我，我也爱母亲。随着时间的流逝，我和母亲越来越相互依恋，也许这就是血脉的延续、家风的传承、亲情的坚守。

已近古稀之年的母亲，无欲无求，似乎总有些许遗憾。她和父亲劳作一生，没能给我和姐姐留下万贯家财，也没有给我们建造玉堂金宅。然而，我感谢母亲，是母亲让我明白，作为女人，拥有了独立和坚强，就拥有了一切。

女性的独立，不是体力的依附，而是心中的那份独处，心中的那份追求。女性的坚强，不是身体的强壮，而是内心的爱，对家人的爱，对生活的爱。母亲教给我的是，有困难，自己要克服，让我受用终身，使我享受着工作的快乐、读书的快乐和生活的快乐，尽管工作要面对很多挑战、读书要耐得住寂寞、生活也有很多不如意。

8. 没事，别操心我

　　母亲没上过学，识不了几个字，父亲比母亲强一些，读完了小学。在我小时候，晚饭之后，父母亲围坐在饭桌前，铺好稿纸，备好信封，母亲口述，父亲笔录，一起给亲人们写信，是一件很隆重的事情。

　　离家在外工作的父母，在老家的亲人们眼中，很是光鲜亮丽，在城市里成家立业，双双是国营大企业的职工，所以，亲人们家里有大事小情，总是喜欢告诉我的父母亲，找他们商量。在父母亲眼里，老家亲人们的事情，就是自己家的事情。父母亲虽然收入微薄，却总是惦记着老家的亲人们，力所能及地接济着老家的亲人们。

　　写信之前，母亲拿出放在柜子里的钱匣子，拿出家里所有的钱，放在饭桌上，分成几份，一份是给姥姥的，一份给大伯的，还有表妹住院做手术了，需要接济一些钱。然后，父亲拿起笔，母亲说一句，父亲写一句，认真地给老家的亲人们写信。在给姥姥的信中，家长里短之类的话，叙述完之后，母亲总是让父亲加上一句"没事，别操心我们"作为信的结尾。

在微弱的灯下，父母又是写信，又是准备寄钱，我和姐姐站在一旁，很是不解，明明我们一家过得紧紧巴巴，为什么还要寄钱给他们？然而，看着父母恭敬而专注的样子，我和姐姐忍了又忍，没敢说出口。第二天，父亲来到邮局，准时把给亲人们的信和钱一并寄出。每个月固定的时间，给家人写信和寄钱，成为家里的惯例。

在困苦的日子里，我一直有一个愿望，让父母亲不再为钱发愁、不再为接济亲人而苦了自己。改变命运，挣钱养家，成为我努力学习的目标。离开家到外地上大学，父亲按月给我寄生活费的同时，常常给我写信。父亲的信总是写得很长，歪歪扭扭的字体，文中还有一些错别字。我一遍遍读着，心中说不出什么滋味，仿佛又看到了灯下桌前的父亲，很费力地写着每一个字，母亲弯着腰，低着头，小心地、一张一张地数着钞票，向父亲口述信的内容。母亲说，父亲写。父亲信的末尾，还是那句话，"没事，别操心我们。"

在我工作之后，工作和生活越来越好的同时，却与父母亲相距遥远，聚少离多。特别是父亲得了脑血栓，右侧肢体麻木无力，言语含糊不清，情绪很低落，母亲陪在身边，默默忍受着父亲的坏脾气，悉心地照顾着父亲。父亲含糊的话语，也只有母亲能够听得明白，能够按照父亲的意思去做。分身乏术的我，少有时间回去照顾父亲，唯一能够做的是经常与父母亲通电话。每次接通电话之后，都是母亲接听电话，坐在床上的父亲，已经没有能力给我写信，更不愿意接听我的电话，而是由母亲向我转述着他的话。每次挂断电话之前，母亲总是说："没事，别操心我们。"

父亲去世后，接母亲来北京小住，带母亲逛公园看美景，母亲很是高兴，但是总是若有所思地说："要是你爸还活着，也能看看景。"节日里带母亲去吃北京烤鸭，吃着可口的饭菜，望着满桌子的菜，母亲叹一口气："要是你爸还活着，也能尝尝鲜。"母亲住在家里，我和先生，还有女儿，每天早出晚归，空荡荡的屋里就留下母亲一个人。其实，我知道母亲很不适应北京的生活，不习惯住在不熟悉的单元楼里，留在家里很寂寞，不知道对讲机如何叫、门铃如何按。然而，母亲还是老早起床，送我们出门，对我们说："没事，别操心我。"

没事，别操心我们。从小听到大的这句话，我永远深深地记在心里，更是越来越让我觉得，母亲身上有一种独特的气质，这种气质很迷人，让我对母亲充满了深深的敬意。父母亲一起经历了 1942 年的大饥荒，1958 年的黄河洪水，1959 年开始的自然灾害，1976 年唐山地震。

一个识不了几个字、做着高强度体力劳动的女人，愣是为家人撑起了一棵大树，不仅庇护着儿女，还给亲人们带来绿荫。

立业、成家、买房、教子，人生何其多的大事，柴米油盐酱醋茶，生活中又有何其多的小事。然而，我的母亲，大事化小，小事化了，从母亲身上，我学到了坚韧和忍耐。"妇人弱也，而为母则强。"作为母亲，不管多么人微位卑，不管经历多大磨难，都可以变得如此豁达坚强，母亲的坚强是无形的、无声的。在我心中，母亲是一位智者，达到了人生的一种境界。

生命的心灯

9. 人在矛盾中

父亲去世多年，我和姐姐忙着各自的工作，各自的孩子先后到国外留学。大部分时间里，母亲独自一人在家，房间里的电视，成了她最忠实的伙伴。

每天晚上七点钟，母亲打开电视，坐下来，自己看电视。新闻联播和天气预报，是母亲必看的节目。由于耳背，母亲把电视机的音量放得很大，听得很认真。当听到她感兴趣的新闻事件，老眼昏花的母亲会站起身来，挪到电视机跟前，仔细地看。北京举办奥运会了，全国人民代表大会召开了，退休养老金提高了，这些国家大事，母亲一字一句都听清楚了。听到美国下大暴雪，母亲会在第一时间嘱咐我，一定要告诉在美国读书的姐姐，多穿衣服，别感冒。看到叙利亚爆发的战争，母亲唉声叹气，对战争中逃难的孩子们，充满了同情和怜悯。

母亲用自己的眼睛，看着大千世界的风云变幻，然而，世界变化之大、变化之快，让母亲搞不明白、想不清楚。

虽然一生穷苦，但是心性淡静的母亲，坚守着日子会越来越好的念想，活出了自己的精彩。我为母亲感到骄傲，虽然母亲的光彩并不华丽耀眼，因为我们无法选择自己的出身，也无法选择自己所处的时代。母亲走出了小城，来到过北京，去过天安门，爬上过长城，坐过飞机，坐过地铁，母亲常说，她这辈子值了，她很满足。

然而，都市生活的快节奏、工作生活的新观念，让母亲颇为困惑。住在高楼大厦中，冷冷清清，邻居们很少走动，偶尔在电梯里遇见，简单几句打个招呼，已经是最热情的相互问候。早晨，一家三口急急忙忙出门，不是上班，就是上学。晚上一家人先后回到家里，不是忙孩子的作业，就是讨论工作，母亲几乎插不上话，偶尔说上几句，女儿有些奇怪地问："姥姥，你在说什么？"

我们与母亲之间的话题越来越少。在母亲看来，有工作做、有饭吃、有房子住，就是幸福。然而，在我们眼里，所谓的工作，要体面，要自己喜欢，更要挣钱多；所谓的吃饭，要吃中餐、西餐，要吃川菜、鲁菜、粤菜，更要吃出情调；所谓的住房，要住大房子，要住好房子，更要环境优美。母亲越来越弄不明白，我们为什么那么忙，工作为什么那么拼命，对孩子为什么要求那么严？

两个可爱的孙辈，一个是我的女儿，另一个是姐姐的儿子，是母亲的心头肉。日子好了，再也不愁吃、不愁穿，母亲把不能给我和姐姐的爱，全都给了两个孩子，孩子们吃着她包的饺子和包子长大，继承了她温厚善良的性格，养成了勤俭节约的好习惯。两个孩子长大成年之后，每次与姥姥短暂相聚的日子，也是他们最放松、最自在的时候，依偎在姥姥的身边，听着姥姥唠叨不完的嘱咐。然而，她最宠爱的两个宝贝，先后与她告别，漂洋过海，到陌生的国度去读书。

孩子们天马行空的想法，母亲听起来，摸不着头脑。在母亲眼里，我离开家乡到北京，已经离她很远；如今两个孙辈，坐飞机十几个小时，飞越大洋大海，到更远的地方，人们说的话不一样，吃的饭不一样，离她太远了，想他们的时候，只能打打电话，看也看不到，摸也摸不着。母亲越来越弄不明白，她的孩子们，一代又一代，为什么离她越来越远，外面的世界，难道真的有那么好？

一辈子干净整洁的母亲，眼花了，背驼了，手脚不听使唤了，但是母亲拒绝请保姆，坚持自己动手洗衣、洗澡，力所能及的事情，绝不麻烦他人。自从年迈的母亲走丢过一次之后，我和姐姐商量，母亲身边需要有人照顾，再也不能让她一个人独处。姐姐计划要去美国，我劝说母亲来到北京，住在了我的家里。

以前在家乡，母亲有相处多年的老姐妹，可以在一起说说话，聊聊天；出家门不远，就可以到热闹的菜市场里逛一逛，买到水灵灵的小菜，听到嘈杂亲切的叫卖。如今，母亲身不由己，只能听从我和姐姐的安排，不得不离开她自己的老窝，离开她熟悉的环境、熟悉的人、熟悉的街道、熟悉的叫卖。稳定和漂泊，母亲已经无法选择。母亲自言自语道："哪里是家？哪里好？唉！人总是生活在矛盾之中。"

我不禁感慨，识不了几个字的母亲，竟然用如此准确而又富于哲理的词语，表达出她最真实的感受。

在几十年的风风雨雨中，生活教会了母亲很多本领，让母亲悟出了很多道理，也让母亲对矛盾有了切身的体会、质朴的理解。有苦，就有甜；跨过低洼，一定走上高岗；前半辈子受苦，后半辈子享福。在矛盾之中，她理解了，孩子们的理想和追求是什么？孩子们为什么学习如此努力？为什么工作如此拼命？她期待着苦尽甜来，她为孩子们取得的成绩和进步而感到高兴。

一辈子生活在矛盾之中的母亲，选择了坚强，用她特有的温柔和韧性，使矛盾不断地向前转化；一辈子生活在矛盾之中的母亲，选择了妥协，用她特有的豁达和包容，缓和了一个个矛盾，维护着家的和谐和安宁；一辈子生活在矛盾之中的母亲，选择了隐忍，为父母、为孩子、为孩子的孩子。在母亲心里，亲人好，朋友好，就是她自己的好。母亲用最低的姿态、最广的胸怀、最坚强的臂膀，成就了人生中最纯洁的爱和最质朴的美，体悟到了人生的哲理。

人总要面对矛盾，处于矛盾之中，没有过不去的坎儿，办法总比问题多。认识清楚矛盾的母亲，想得开，放得下，朝前看，简简单单做人，简简单单做事，用难得糊涂和随遇而安，收获人生的智慧和美好。与母亲相比，我自愧不如，德行、胸怀、境界、福报，还需慢慢修炼。

10. 好好养老，不添乱

八十岁之前的母亲，工作中的辛苦，生活中的艰难，熬一熬就过去了，从来没有怕过。大到差点死过去，小到没米下锅，扛一扛就过去了，从来没怕过。身处异乡的孤独，某些人的歧视眼光，忍一忍就过去了，从来没怕过。一路走来，母亲默默地、静静地承受着一切，很少看见母亲愁眉苦脸，很少听到母亲唉声叹气，母亲是那么坚强，隐忍，豁达。

八十岁之后的母亲说："好好养老，不添乱。"

少了要做的针线，少了要操的心，母亲安静悠闲地过着每一天。节假日里，陪母亲去游山玩水，母亲没有了体力；邀母亲去餐厅品尝新推出的菜品，母亲没有了胃口；带母亲去商场选购衣服，母亲没有了心情。母亲老了，变得越来越胆小，越来越害怕。原来脚步轻盈、快速如飞的母亲，现在走路时，哈着腰，低着头，两只手向前摸索着，走走停停，走得越来越慢、越来越小心。原来肩扛一袋米、手拎一桶油的母亲，现在走路时，需要我的搀扶，我小心扶持着母亲，一步步向前走着，渐渐感觉到，我需要给予母亲的力量越来越大。母亲走到哪里，都要小心，生怕摔着，给家人添麻烦。最让母亲害怕的，就是生病了，要送她去医院。

如今，社会进步了，经济水平提高了，各级各类医院的医疗服务条件有了很大改善，医院大楼布局合理，功能齐全，门诊科室秩序井然，候诊室宽敞明亮，现代设施应有尽有，医生级别清晰明了，便民服务温馨细致，让老百姓看病有了多种选择。然而，年迈的母亲就是害怕我带她去医院，对在医院看病充满了恐惧。

母亲害怕去医院的原因，主要是思想负担。去医院看病，候诊检查，比较花费时间，经常要一天时间，我和姐姐需要请假，母亲怕给我和姐姐添麻烦，影响工作。另外，看病花钱，买药花钱，节俭的母亲不愿意浪费钱，不愿意给我和姐姐增加负担。在家里常备血压计和体温计，母亲学会了自己量血压和体温，偶尔有点儿小病小痛，母亲在家里的小药箱里翻翻，吃几片药预防。可是，我和姐姐不敢大意，一旦母亲有不适，生拉硬拽地把母亲送去医院。

母亲去医院看病，常常是我陪同前往。进了医院的母亲，就像刘姥姥进了大观园，懵了圈，耳聋眼花，不知所措。面对自助挂号、智能触屏、扫码取药，母亲深感无力，忍受着病疼，任由我摆布。医院里看病的中老年人较多，偶尔遇见与母亲年龄相仿的阿姨，羡慕地对母亲说："多好啊，有女儿陪着，我是一个人来的，儿女们都忙。"母亲看着阿姨，苦笑着答不上话来。

　　在门诊门口，我安抚母亲坐下休息。漫长的等待叫号之后，终于可以走进诊疗室，母亲坐下来，有些胆怯，我帮着母亲向医生描述着母亲的症状，几句问诊之后，得到了一大摞检查单。离开诊疗室，将母亲带到在检查室门口，让母亲在此等待，我急忙去排队交费。随后，我拿着缴费后盖章的检查单，拖拽着母亲从一个检查室走到另一个检查室，抽血、CT、心电图……身体病痛的压力，加上一系列的检查，明显感觉到母亲的步子越来越慢，越来越沉重。

　　在等待检查结果的时候，我和母亲都很煎熬，像等待判刑的犯人，我故作镇静，让母亲喝水，与母亲聊天。漫长的等待之后，看到了检查结果，医生给出诊断结论，母亲身体底子好，没什么大毛病，属于常见的老年病，并且根据母亲的病症，开出了药方。我一边缴费取药，一边安慰母亲，嘱咐母亲回家按时服药。母亲除了高龄老人常见的症状外，身体无大碍，我轻松了许多，转身投入紧张的工作中。母亲却因为一次次的医院就诊，增

生命的心灯

加了恐惧感，心疼我为她看病忙乎大半天，担心我耽误了工作，乖乖地吃药，还不停地说："好好养老，不给你添乱。"

也许是上天的眷顾，年迈的母亲身体尚好，去医院看病的次数并不是很多，唯一的一次住院，至今让我印象深刻。记得在一个冬天，母亲因冠心病并发轻微糖尿病住进了医院的老年病房，接连几天在病房的守护，让我精疲力竭，我反复劝说母亲，母亲同意请来一位护工大姐来照顾她。

有了护工大姐的帮忙，我得以把工作、家里的事情安排妥当，每天下班后，来看望母亲。一辈子劳作的母亲，并不习惯于被别人照料，输液、打针、吃药、检查，凡是她自己能做的，绝不使唤护工大姐。夜里起夜，母亲心疼护工大姐白天的辛苦，宁肯自己摸索着去上厕所，也不忍心叫醒护工大姐。

住院期间，母亲在配合医生治疗之余，经常在护工大姐的扶持下，到医院的小花园里散步，坐下来与护工大姐唠家常。了解到护工大姐的两个孩子还在乡下读书，无人照顾，母亲充满了同情，安慰护工大姐，有时间回家看看，多陪陪孩子。母亲的豁达谦和，让护工大姐很是感动，护工大姐对我说，老人脾气性格真好，你工作忙，不用每天都来，有我就行了。十多天来，护工大姐将母亲照顾得周到细致，陪伴病痛缠身的母亲，度过了在病房里的日日夜夜，省去了我很多奔波辛苦。

经过医生的精心治疗，母亲的病情减轻，身体恢复得很好，红光满面，精神状态好了许多。出院时，护工大姐拉着母亲的手，像亲人一样，依依不舍。回家后的很长时间里，母亲还一直念叨着，护工大姐打工的辛苦、养孩子的不易。十多天的时间，让母亲不堪回首，甚至把住院，看成了自己蹲了十多天的监狱，今后再也不想去医院了。回到家的母亲，打起精神，坚持吃药，散步做操，不时地提醒自己，好好养老，不添乱。

年轻时的母亲靠着身体的强壮，无畏地面对生活中的不易。如今母亲的康宁，是"攸好德，考终命"的能量累积。无欲无求的母亲，高高兴兴地活着每一天，盼着、看着、念着孩子们工作好、生活好、学习好，小心翼翼、恭恭敬敬地感恩、享受着生活的美好。

我只想对母亲说，母亲，别害怕，别担心，您辛辛苦苦将女儿养大，女儿一定为您尽心尽力养老！.

五、养老院的日子

"母亲在世时，我总觉得自己尽了孝心，但她走了之后，我突然觉得有太多的遗憾。如果当时把手头的事情推掉，多陪陪她老人家，我现在会少一些遗憾。尽管那样做，母亲会更加不安。"

——张维迎《我的母亲》

1. 变故

在北京学习工作已经近三十年，成家生女，似乎已经适应了大都市的生活。经历了漂泊、蜗居之后，有了稳定的工作、舒适的住房和温馨的小家，然而，我依然不能心安，依然不能认定自己是都市人。在家乡小城的母亲，是我的牵挂，每周固定时间的问候，逢年过节的相见，成为生活中不可或缺的部分。每次回到家乡看望母亲，来去匆匆，只要看到母亲身体硬朗，生活如常，我就很踏实，很温暖。

安阳古城，古时称作彰德府，曾经有着九府十八巷。少年时期的我，骑着自行车，风一样穿梭在深深的巷子和胡同里，是最快乐自由的飞翔；迈进路旁的高台阶，走进层层院落，与闺蜜躲在小屋里，畅快地聊着各自的心声；文峰塔下的校园里，朗朗的读书声，与文峰塔的铜铃声，交相辉映。斑驳的围墙下，深深的院落，还有耸秀的文峰塔，深深地印在了我的记忆里。然而，昔日古城的宁静和祥和，越来越难以找寻。

如今的家乡，一幢幢摩天高楼拔地而起，将昔日街巷淹没；宽阔的马路将高高的文峰塔环环围绕，远远地遥望，无法亲近它。家乡的变化太大、太快了，我还来不及接受它、了解它，因此，我常常固守着儿时家乡的记忆，我和家乡之间，多了陌生感，好像家乡已将我抛弃。

每次回到家乡，虽然只有短短几日，但是姐姐一家总是专门安排时间，开车载着我，与母亲一起，在市区里徐徐兜风。殷墟申遗成功了，周边环境更好了；环城公园修好了，风景更美了；新区建好了，马路更宽了。姐姐隆重地给我介绍着家乡的变化，我看着车窗外的一切，欣喜之余，总有些许遗憾，心中的那个家乡，我回不去了。姐姐告诉我，家乡越来越好了，有机会常回来看看。

比我大五岁的姐姐，上学时功课也很好，为了能够有份稳定的工作，高中毕业之后顶替母亲，进了火柴厂当工人。在那个年代，像小城中的同龄女孩子一样，姐姐结婚出嫁，养育儿子，按部就班地过着寻常日子。由于我在北京工作的缘故，姐姐一家和母亲来过北京多次，我带着亲人们逛名胜古迹、看奥运场馆、品尝北京烤鸭和洋快餐，然而，游览过北京之后，亲人们还是更喜欢家乡小城的慢节奏、人情味和低成本，尤其是母亲，常常对我说："北京车多人多，上班早出晚归的，哪有我们小城市好？"

父亲去世后，母亲先是居住在老屋里。母亲七十岁之后，姐姐将母亲接到自己家中，三代人生活在一起，姐姐、姐夫孝顺母亲，外甥乖巧听话，母亲享受着天伦之乐。母亲在家乡的生活，主要由姐姐一家照顾，这样的生活安排，似乎已成了定局。我在北京的工作稳定，生活也很踏实，逢年过节回家看望母亲，在经济上多补贴母亲，似乎弥补了不能在母亲身边尽孝的缺憾。母亲却总是说，大城市挣钱不容易，花销大，自己有退休工资，不要我的钱。

不管我们愿意不愿意，这个世界变化大。外甥在美国留学三年之后，找到了心仪的工作，一干就是三年。六年期间，为了学业和事业，忍受了思念亲人之苦，外甥没有回国探过亲。六年之后，为了免除与父母长期分离的痛苦，他希望将自己的父母接到美国定居，尽自己所能给父母更多的照顾。我知道了外甥的想法，也能够理解他的心情，就像我当初大学毕业之后，没有选择回家乡，而是在北京闯荡一样，外甥选择了留在美国发展。

在得到儿子的建议之后，姐姐很是犹豫。从小乖巧听话的儿子经过自己的努力，不仅有了较为稳定的工作，找到志同道合的女朋友，而且还能够为父母着想，姐姐很是欣慰。到了美国，没了思念之苦，能天天与儿子在一起，看着儿子成家立业，一家人能够团聚，其乐融融，

生命的心灯

姐姐很期待这样的生活。同时，姐姐也很忐忑，陌生的环境，陌生的面孔，陌生的语言，自己能不能适应？与儿子团聚了，年迈的母亲怎么办？自己还能回来吗？一边是儿子的召唤，一边是难以割舍的母亲，姐姐瞒着母亲，打电话向我倾诉，我劝慰着姐姐，让姐姐放心，一切问题都会解决的。

在安抚姐姐的同时，我也为家里突如其来的变故犯了难。我十八岁离开家，在外求学工作，父母的生活起居基本由姐姐一家照顾，使我没有丝毫后顾之忧，能够在外安心生活，踏实工作。父母亲生病住院，家里的大事小情，亲戚间的迎来送往，姐姐一手包办。如果说，我能够在外工作和生活一切顺利，与姐姐的支持分不开。姐姐要去美国定居，与儿子团聚，我很为她高兴，因为独生儿子，是她唯一的依靠。然而，多年与姐姐一家生活在一起的母亲怎么办？我甚至不会照顾母亲，不了解母亲的饮食起居，不了解母亲的生活习惯。我觉得肩上的担子重了，我没有了依靠，我要承担起照顾母亲的责任。

一阵慌乱之后，我渐渐镇定下来，我告诉姐姐："去与孩子团聚吧，我支持你！"与此同时，我与姐姐商量着，我们如何告诉年迈的母亲，让母亲接受这个突如其来的变化。

姐姐的儿子，是姥姥姥爷一手带大的，从小与姥姥姥爷在一起生活，与两位老人感情很好。他温顺善良的性格，得到姥姥姥爷的真传。自从他到美国读书工作，思念着姥姥，逢年过节，都会跟姥姥微信视频，亲昵的话语总是说不尽。我思量着，也许从外甥的话题入手，母亲慢慢能够接受。我告诉姐姐，由我来说服母亲。

我对母亲说，"孩子在美国工作了，你支持不？"

母亲说，"当然支持！"

我又问，"他是不是好孩子？"

"当然是！一个人在外国多不容易！"

我趁机问道："姐姐要到美国去看他，去的时间比较长，你支持不？"

"支持！我要是能走动，我也去！"

随后的几天，母亲变得有些沉默，常常一个人坐在沙发上发呆，或是站在阳台旁，默默地望着窗外。

过了几天，母亲将我和姐姐叫到面前，安详地对我和姐姐说，"孩子们的翅膀硬了，飞得高了，手里的线牵不住他们了。孩子们的工作是大事，我和你们俩都要支持他！"

母亲告诉姐姐："你办好手续，去美国看儿子，我自己在家，能照顾好自己，别担心我。"

2. 抗拒

外甥在国外近六年的时间里，姐姐家里冷清了许多。想儿子的时候，姐姐只能通过电话和微信与儿子说说话，很多时候只能在梦中与儿子相见。儿子的一声召唤下，思子心切的姐姐，下定了决心，到儿子身边去。

我多次到过国外，对国外华人的生活状态略有了解，良好的生态环境和优越的生活条件，确实让人向往，然而，缺乏人与人之间的沟通，难以融入当地的生活，也是华人移民普遍存在的现象。这些情况，是讲给姐姐听呢？还是不告诉她呢？我犹豫不定，我理解姐姐与儿子团聚的愿望，也为姐姐在国外的生活担忧。我在电话里问姐姐："在国外人生地不熟，语言又不通，你考虑好了吗？"

姐姐说："没考虑太多，到了国外再慢慢适应吧。"

为了与儿子团聚，年过半百的姐姐，报名上了英语口语班，带上老花镜，拿起久违的英语课本，从最简单的单词开始学起，为的是到了美国，自己能够进行简单的交流沟通，少给工作繁忙的儿子添麻烦。然而，一个月过去了，姐姐开始变得沮丧，时间花了不少，学习效果不佳。为了办理出国手续，姐姐一遍遍准备着各种各样的申请材料，一趟趟去大使馆送材料、面谈，繁杂的手续、漫长的等待，让姐姐身心疲惫。与儿子能够团聚的亢奋、对国外生活的期待以及对家的不舍等等，各种情绪交织在一起，姐姐的状态不佳，与母亲相处的时间少了，与母亲说的话少了。

此时，与姐姐同住一屋檐下的母亲，看着出出进进、忙忙碌碌的姐姐，不知道究竟发生了什么，插不上嘴，帮不上忙，甚至看着姐姐疲惫的状态，有些担心，母亲安慰着姐姐："放心去吧，我一定把家给你看好喽。"

母亲拿定了主意，如果姐姐一家去了美国，她要独自住在家里，守着老窝。对于母亲的想法，我和姐姐的想法是一致的，母亲一个人在家，肯定不行。这么多年过去了，母亲早已将姐姐一家人当成了依靠，把姐姐的家当成了自己的老窝。虽然八十多岁的母亲身体还算硬朗，也习惯了自己的事情自己做，但是，我在北京，母亲一个人在安阳生活，又没有其他亲人可以依靠，我和姐姐绝对放心不下。突如其来的变化，母亲的坚持，让姐姐忙乱不堪，也让我寝食难安。

就在这时候，姐姐从安阳打来电话："母亲生气了，

生命的心灯

怎么办？你快回来吧。"

原来，在办理出国手续的同时，姐姐四处打听，托老所、敬老院、老年公寓等养老机构，考察了十多家，看中了一家条件较好、价格适中的养老院。由于事情较多，姐姐没有给母亲打招呼，直接把母亲带到了这家养老院，陪着母亲，走进老人的房间、活动室和餐厅，对母亲说："养老院多好啊，住得好，吃得好，还有人看护。"

第一次走进养老院的母亲，跟在姐姐身后，东瞅瞅，西看看，默不作声。回到家后，母亲不吃不喝，也不理睬姐姐。姐姐没了办法，只好给我打电话。

接到姐姐的电话，我很担心母亲，请了假，急匆匆从北京赶回了安阳。来到姐姐家，无助的母亲，蜷缩着身体，靠在沙发里，看到我来了，像有了救星，母亲拉着我坐下，眼睛里泛着光，坚定地说："我就在家，哪儿都不去！"

我不回答母亲，拿起放在桌子上的苹果，削了皮，切成小块，递到母亲嘴边。

母亲的情绪稍稍缓了下来，吃着苹果，对我说："我自己的退休金，吃不完，用不尽，把钱都扔给养老院，白搭！"

我理解母亲，几十年生活在自己的家里，她已经熟悉了家里的一切。自从住进姐姐家，母亲和姐姐一家人相依相伴，共同生活了十多年。母亲的房间，她自己收拾得整洁干净；厨房还是她的阵地，虽然她打扫战场，已经变得力不从心；阳台一角，还放着她的摇椅，太阳照进来的时候，她喜欢躺在摇椅里，眯着眼睛，晒晒太阳。姐姐的家，已经成了她的老窝，她不愿意离开自己的老窝。

母亲辛苦劳作一辈子，吃不了大鱼大肉，更不喜欢穿金戴银，省吃俭用早已成为她的习惯，她每月的退休金不仅花不完，还惦记着身后给我和姐姐留下一些。价格不菲的养老院费用，是母亲所不能接受的。我安慰着母亲，要好好吃饭，生病了住医院，花钱不说，自己还要受罪。

我理解姐姐，不把母亲安顿好，她是不会去美国的。只是很多事情搅和在一起，让姐姐心烦意乱，才让母亲有了误会。从小到大，一直是我坚强后盾的姐姐，如今变得如此无助、为难和委屈。我安慰着姐姐，母亲年岁大了，让她接受我们的想法，需要有一个过程。为了让姐姐专心办理出国手续，避免母亲受更多的刺激，我决定暂时将母亲接到北京。

与姐姐商量好之后，我对母亲说："春天来了，天气暖和了，到北京住一段时间吧，其他事情，以后再说。"

　　母亲爽快地答应着，立刻准备和我一起回北京。母亲在自己的房间里，收拾了大半天，拎出一大堆大包小包，用围巾、床单包裹得整整齐齐，似乎要把自己的一切都带走。为了不影响母亲的情绪，我随了母亲，肩扛手拎，像逃难的难民，把母亲带到了北京。

　　到了北京的家，母亲整理着自己带来的几个包裹，其中有一个包裹，母亲格外看重，拎到我面前，一层又一层地打开，里面整整齐齐放着母亲给自己做的寿衣，母亲嘱咐我说："等我走了，一件件给我穿上。"

　　我鼻子一酸，有些遥远，有些凄凉，而母亲却异常平静。

3. 历练

　　自从我十七岁离开家乡，姐姐、姐姐一家人，成为相伴父母亲、与他们朝夕相处的最亲近的人。虽然我是父母亲的宝贝、姐姐的骄傲、外甥的榜样，但是我却没有腾出时间和精力，在父母膝下嘘寒问暖，在他们耳边说悄悄话，在他们床前端茶倒水，特别是疼爱我的父亲过早去世，没能享到我一天的福，成为我一辈子的遗憾。

　　回顾过往，我充满了对父母亲的愧疚和不安。现在家里出现变故，我不想再留下一丝一毫的遗憾，希望母亲在北京家里，安心住下，我要像姐姐一样，尽力照顾好母亲，让姐姐放下一切牵挂，出国定居，与外甥团聚。

　　来到北京的母亲很乖，就像小时候我听她的话一样，听我的话。

　　早晨，母亲起得较晚。因为上班的缘故，我早早起床洗漱、做饭，吃完早饭后，将母亲的早饭，放在保温锅里，等到母亲起床后，我和先生已经离开家去上班，虽然看不到我的身影，母亲可以吃上我为她准备的温热早饭。

　　中午，家里只有母亲一个人。母亲的午饭，我会在前一天晚上做好，并嘱咐母亲用微波炉热一下。在工作岗位上的我，常常会在午饭时间，变得坐立不安，担心家里的母亲是否平安。在我的指导下，母亲学会了使用微波炉，但是经常忘记使用方法，不是按钮按错了，就是时间按错了。为了防止出危险，我反复讲给母亲听，并且把所有母亲使用的碗筷换成微波炉专用餐具。偶尔，中午有空，我会急匆匆赶回家，与母亲一起吃午饭，看到母亲在家一切安好，我才放心。在家陪母亲吃过午饭，又急匆匆赶回去上班。

　　晚上，不管我和先生下班多晚，母亲都等我们回家。为了能够在晚上陪母亲吃顿丰盛的晚餐，我下班后，先去采购食材，然后回到家里，赶紧炒菜做饭。把热腾腾的饭菜端上桌后，与母亲说说笑笑，一起吃饭。有我和先生陪伴的母亲，吃得很慢，很香。然而，从早忙到晚的我，已经累得疲惫不堪。

　　为了能够解决工作和家务之间的矛盾，也能让独自在家的母亲有个照应，我准备请保姆来帮忙做饭和打扫卫生，母亲知道了，坚决不同意。母亲说："外人来到家里，碍手碍脚的，我能动能干，不让人伺候！"

　　母亲一生不曾脱离过劳动，不愿意让别人伺候，保姆住进家里，她会感到负担，既心疼保姆的辛苦，又心疼我花钱。我突然发现，八十多岁的母亲，变得如此固执而脆弱。说服不了母亲，只好作罢，自己和先生多辛苦一些，把一日三餐和房屋打扫的家务，尽力承担了下来。

由于工作所需，我和先生经常要到外地或国外出差。独自在家的母亲，成为我们最大的牵挂。我们居住的生活小区，绿树成荫，环境优美，小区的居民出出进进用门禁卡，有事找人用对讲机，习惯于邻里之间常来常往的母亲，犯了难，学不会、用不惯这些智能设置，只能待在家里，很少出门。

每次出差前，安顿好母亲的饮食起居，交代好注意事项，约定好每天晚上七点通电话，是我必须要做的事情。到了出差地点，忙于工作的同时，我按时给母亲通电话。晚上七点，母亲会坐在房间里，守在电话旁，等着我的电话，确定母亲一切安好，我才放心。在白天其他时间，母亲耳朵背，接听不到电话，眼睛又不好使，已经没有能力给我拨电话，只能接听电话。

有一次我出差在外，会议日程和内容安排得很满，晚上还在会场讨论工作，忘记了与母亲的约定。晚上九点多，我的手机响了，是小区物业师傅打来的电话，我着实吓了一跳，担心家里出事了，母亲有难了。我紧张地接通电话，师傅告诉我，母亲晚上九点钟，来到物业中心求助，担心出差在外的我，希望他们能够帮忙联系上我。

了解到事情的缘由，我很是自责，由于自己的疏忽，让年迈的母亲担心。我告诉师傅，请让母亲与我通话，随后，我在电话里，听到母亲急切的声音："晚上七点等你电话，一直等不来，我着急，担心你……"

我不禁流下了眼泪，强作镇静，告诉母亲，我在外一切都好，让她安心回家睡觉。

在电话里，我告诉物业师傅，天黑路滑，请他帮忙送我的母亲安全回家。十分钟之后，得知母亲已经回到家里，我悬着的心，才稍稍平静下来。年迈的母亲虽然眼花耳聋，力不从心，可是心里还时时牵挂着出差在外的我。我知道，在母亲眼里，我永远是让她牵挂的孩子。

这件事情之后，让我开始重新考虑对母亲的照料。虽然母亲住在家里很乖，很踏实，但是母亲独自在家的寂寞，我无法帮母亲排解；母亲在家的三餐起居，我无法全力做到。

人到中年，自己所喜欢的事业刚刚步入正轨，辛苦和奔波是工作的常态，我乐在其中，而母亲看在眼里，疼在心里。母女之间的亲情，有时候反而会成为彼此的负担和牵绊，成为彼此的拖累和困扰。这些现实的问题，迫使我更加理性地思考母亲的养老问题，我不能让母亲为我担心。

母亲在北京家里已经住了半年多，再过两个多月，进入冬季，母亲的生活将更加需要悉心照料。我与姐姐通了电话，两人基本达成共识，将母亲送到养老院，也许是比较好的选择，生活环境可能更适合母亲，母亲可能得到更好的照料。

接受姐姐上次带母亲去养老院的教训，如何让母亲接受养老院？如何让母亲住上合适的养老院？对我来说，成为一个现实的难题。但是，我必须想办法解决，为母亲，为姐姐，也为我自己。

4.抉择

上班下班、挣钱养家，对于步入中年的我，是生活的常态，在目前的人生阶段上，养老问题似乎还很遥远，不在要考虑的问题范围之内。没想到的是，母亲养老问题，如此迫切地降临到自己的身上，需要我做出决定。

母亲一天天变老，甚至变得越来越糊涂，而我的工作，变得一天比一天忙；母亲每天独自在家，我上班时，变得越来越焦躁不安，生怕母亲有意外；一日三餐自己可以凑合，却想让母亲吃上可口的饭菜。我希望能够找到合适的养老院，帮助解决母亲的安居和吃饭问题。反过来想想，让母亲住进养老院，我似乎有些负罪感，不能时时守在母亲身边，照顾母亲的饮食起居，觉得自己很不孝。

在犹豫彷徨之中，通过各种途径，我开始了对北京养老院的情况进行了解；与有着相似经历的朋友通电话，交流彼此的感受；翻阅报纸，关注养老院的信息；打开互联网，了解网友们对养老院的评价。

经过近一个月的摸底调查，我渐渐搞清楚养老院的基本情况。例如，公办养老院与民营养老院的不同，高中低档养老院的差别，以及养老院对自理、半自理和不能自理老人的收费标准等信息。

对母亲要住的养老院，我也梳理出三个基本要求。①母亲没有北京户口，属于暂住人口，按照规定，只能住进民办养老院。②母亲居住的养老院，与我家的距离必须在十公里之内，以便我能够及时看望母亲；若出现意外情况，我能够及时到达母亲身边。③尊重母亲的意愿，不把自己的想法强加于她。母亲劳作一辈子，有着基本的退休费，加上我和姐姐的分担，母亲能够住得起各种档次的养老院。然而，母亲身体健康，能够完全自理，加上自己喜欢劳动，力所能及的事情，一定要自己做，如果让母亲住进豪华型、高档次、欧式的养老公寓，每天像皇太后一样被伺候着，她会寝食难安，感到自己老不中用。因此母亲愿意、住得安心踏实，才是最佳选择。适合母亲的养老院，才是最好的。

有了基本的要求之后，我瞒着母亲，利用节假日，考察了十几家养老院。在养老院大门之外，观望养老院的周边环境、交通状况；走进养老院内，察看养老院的庭院场地、基础设施和活动场所；深入到每一个房间，询问入住老人的情况，与看望老人的家属攀谈，甚至在就餐时间，自费品尝饭菜，了解饭菜是否营养搭配，是否适合老人的胃口。对于养老院的硬件设置，进行实地调查之后，我还向养老院的工作人员，了解入住老人的基本情况。离开了亲人的陪伴，养老院里老人们之间的相互交流沟通，会成为他们日常生活的重要组成部分。相似的经历背景，相似的儿女情况，甚至相似的兴趣爱好，才会形成老人们的共同语言，能够减少他们的失落感和孤独感。

经过两个多月的考察，我看中了一家养老公寓，离家比较近，交通方便。整个院落在大山脚下，环境安静，空气清新。养老院宽敞的院子里，有两幢老人公寓，每幢楼有三层，根据老人的身体状况，老人们分住在不同的楼层。院子里有凉亭、阳光房和健身区，房前屋后种植了银杏树和月季花，路旁有随处可以坐下来休息的椅子。走进大楼内，防滑地板、墙边的扶手栏杆等设施，充分考虑了老人居住的要求。楼道两旁是按顺序排列的、相同格局的房间，房门上挂着中国结、小铃铛、鲜花等各种各样的小挂件，展示着屋里住着的老人的不同情趣。走进房间，宽敞明亮，有独立阳台和卫生间，家具电器一应俱全。

在母亲不知情的情况下，我仔仔细细地调查了这家养老公寓，综合考量其基本条件和基本设施，基本符合母亲的要求。生怕有疏漏，又与先生一起，第二次走进养老公寓，先生看了之后，也比较认同。经过思量，我感觉到责任重大，有些犹豫不决，毕竟母亲将要生活在这里。担心有闪失，打电话告诉姐姐，请姐姐从老家过来，三人一起，再次走进养老院，姐姐照顾母亲多年，对母亲的生活习惯很熟悉，姐姐看了之后，比较满意，认为这家适合母亲居住，母亲应该会满意。

一家人基本认可之后，我与姐姐达成共识，母亲操劳一辈子，为我们、我们的儿女操劳，一定让母亲开开心心在养老院安度晚年。母亲喜欢独处，给母亲选择了单间；母亲喜欢敞亮，给母亲选择了朝阳、通风好的位置。在风平浪静之中，我们悄悄做着安排，准备陪母亲到养老院，希望母亲在对养老院费用不知情的情况下，能够顺利住进养老院。

在一个周末，天气晴好，我和先生陪母亲一起吃完早饭，一家人说说笑笑，母亲心情不错。

我试探着对母亲说："离咱家不远，有一家不错的养老院。"

母亲沉默了片刻。

我笑着说："今天天气不错，我们去养老院参观一下？"

母亲应允之后，我和先生陪着母亲来到早已看好的养老院。

走进养老院的母亲，缓慢地迈着步，背着手，仔细地观望，我和先生静静地跟在母亲身后，心里很忐忑，不知道母亲能否接受这样的安排。看到院子里凉亭下坐着两位阿姨，年龄与她相仿，母亲走过去，坐下来，与她们攀谈起来。

母亲问："你们在养老院住得习惯吗？"

两位阿姨，你一句我一句，热情地对母亲说着话："习惯！挺好的，省得在家给儿女添乱。在这里，到时间准时吃饭，不用操心买菜做饭。在这儿自由，来吧。收费也还可以，能够接受，用自己的退休金支付……"

母亲与两位阿姨很投缘，聊得很开心，时间过得很快。

我问母亲："这里怎么样？"

母亲说："中！"

"你先来试着住几天，怎么样？"

"中！"

"如果不适应，我们就回家。"

"中！"

母亲一连串地答应着，我悬着的心终于落了下来。恍惚之间，我突然想起，送女儿去幼儿园的时候，女儿也是如此，一次又一次响亮地回答我。岁月轮回，一老一小，竟是如此相似！

5. 不适

　　按照养老院的规定，陪母亲做了入住之前的身体检查，检查结果表明，八十多岁的母亲身体状况良好，属于能自理型老人。办理了监护、担保等手续之后，母亲顺利住进了养老院。

　　母亲住进养老院的第一周，我每天在约定好的时间，与母亲通电话。母亲在电话里说："我没事，挺好的！放心吧！"安顿好了母亲，日常工作也轻松了许多，起码在上班时间，不必提心吊胆，时刻惦记着母亲在家的生活起居和一日三餐。然而，晚上回到家，看不到母亲，心里未免有些失落，静下来，心中祈祷着母亲晚安。

　　母亲住进养老院的第二周，姐姐出国手续办好了，即将赴美与儿子团聚。姐姐来到北京，准备在出国之前，再陪一陪母亲。来到北京的第三天，姐姐给我打来电话说，母亲状态不是很好，眼睛发炎，已经几天没有大小便。

　　接到姐姐的电话，我心里一阵紧张，甚至有些后悔，不应该将母亲送到养老院。

　　我安排好手头的工作，急忙赶到养老院，与姐姐一起，带着母亲来到医院。

根据母亲的症状，先带着母亲来到眼科，查视力、看眼底。经过医生的诊断，母亲的眼睛并无大碍，眼睑有些炎症，打了消炎针，拿了消炎明目的眼药水。随后，陪母亲来到外科诊室，经过问诊，医生对我说，老人已经八十高龄，为慎重起见，建议做全面的抽血化验和检查。我与姐姐一起，照应着母亲，缴费化验，用了整整一天的时间，做完了所有的化验和检查。检查的项目很多，不能当天出结果，需要等待大约一周的时间。

在等待检查结果的一周内，我忐忑不安，心情沉重，一次又一次地跑到医院询问检查结果，后悔不该送母亲到养老院。为了不影响母亲的情绪，我和姐姐在母亲面前，假装轻松，安慰母亲，对她说，检查结果一切正常。母亲的检查结果终于出来了，母亲并无大碍。母亲眼睛的炎症，打了针，又点了眼药，基本见好。外科检查的结果是轻度尿路感染，服药几天后，也很快痊愈。

我和姐姐提着的心，终于放下来，反复叮嘱着母亲，身体哪里不舒服，一定要及时告诉我们。我和姐姐都了解母亲，母亲最怕花钱看病，所以姐妹俩轮番上阵，告诫母亲，今后如果不及时报告，就像这一次去医院，要做一大堆检查，又花钱又受罪。

母亲躺在床上，我坐在床头，姐姐坐在床尾，我和姐姐左一句右一句，劝慰着母亲。我不经意间，一只手碰到了母亲放在枕头下面的手绢。母亲的手绢是湿的，揉搓成一团，潮潮的。我恍然明白了，母亲一定独自流了很多泪，用手绢擦拭眼泪。

豁达的母亲接受现实，听从家人的建议，住进了养老院，但是，离开了熟悉的家乡，离开了自己的老窝，离开了女儿的家，年迈的母亲承受着她内心并不愿意接受的现实。到了晚上，再也没有，我回到家，打开房门，呼唤着她，告诉她，我回来了；再也没有，一家人围坐在一起，说说笑笑，吃着晚饭；再也没有，我睡觉前，走进她的房间，道一声晚安。

我想象着，夜深人静的时候，母亲独自静静地躺在床上，默默掉眼泪，不停地擦眼睛，度过了漫漫长夜。在白天的时候，养老院里作息时间规律，护理员按时查房和清扫，母亲情况会好些。我推测，连续几天的不眠之夜，母亲不停地抹着眼泪，导致了眼睛感染。由此，我还想到，母亲习惯了家中卫生间的环境，如厕比较规律，住进了养老院，房间里卫生间的环境变了，母亲一时无法适应，如厕次数不规律，导致身体的不适。母亲生病的原因，我基本上搞清楚了，心里很不是滋味。我没有向母亲求证，也没有告诉即将离开的姐姐，只恨自己太粗心，八十多岁的母亲已经变得像孩子般脆弱，需要我更加细心的呵护和周到的照顾。如果不是姐姐亲自陪着母亲，发现了母亲的病痛，后果如何，我不愿意、也不敢想象。我暗暗告诫自己，一定要经常来看望母亲，多陪陪母亲，多观察母亲，多听听母亲说话。

一个月过去了，母亲渐渐适应了养老院的生活，我定期去看望母亲，也渐渐体会到，虽然母亲住进了养老院，一日三餐解决了，家务劳动减轻了，生活规律了，但是，母亲对我的依恋和牵挂一点儿没有减少，反而增加了许多。

每次离开养老院，与母亲告别，母亲都将我送到养老院门口，还再三叮嘱我，不要告诉与她熟识的朋友，甚至她的两个兄弟——我的大舅和小舅。传统观念深重的母亲，担心亲人朋友对待此事不理解，甚至误解，不愿意让亲人朋友为她担心，更不愿意让亲戚朋友，指责我的不孝。我尊重母亲的意愿，在很长一段时间里，没有将母亲住进了养老院的情况告诉家人和朋友。

一位中学同学打来电话告诉我，她的父母一起住进了养老院，父母舒心了，她安心了，双方都轻松了许多。顶着不孝的罪名、不照顾老人的骂名，将父母亲住进养老院的事情坦诚相告，我佩服同学的勇气和胆识。

同学的父亲十年前得了老年痴呆。她业余时间潜心研究老年痴呆症，陪父亲练习书法，陪父亲聊天，父亲恢复得不错。平日里母亲负责父亲的生活起居，她周末回到父母家，替母亲做家务，开导父亲，帮助做父亲的康复治疗。十年过去了，年迈的父亲病情变得越来越严重，母亲也衰老了很多，照顾老伴已力不能及。为了父亲能够获得及时治疗、母亲能够得到照顾、老两口能够相互陪伴，她将父母亲一起送进了养老院。

同学告诉我，自从父母亲住进养老院，母亲不再为一日三餐操劳，只需要照顾父亲的生活起居，父亲病情发作时，母亲会在第一时间通知医生来治疗。像我一样，平日里忙于工作的她，不必再为父母亲担惊受怕，不再心急火燎赶到父母家救火。周末休息日，到养老院里，一家人高高兴兴在一起，说说话、聊聊天。

我和同学聊着彼此的工作生活，说起彼此的父母亲，相近的阅历、相近的感受、相近的想法，让我们心更近了，我之前的焦虑、揣测、自责，似乎减轻了许多。

我和同学彼此鼓励着，我们必须接受父母亲衰老的事实，必须理性对待父母亲的养老，父母亲暂时的不适都会过去的。相信父母亲能够理解我们，能够支持我们。

因为，父母好，我们就好！

6. 期盼

　　每到周末，我期待见到母亲，想知道她这一周过得好不好，想着给她买些水果和零食。

　　去养老院看望母亲之前，照例先通电话，与母亲约好时间，问母亲需要什么，母亲肯定不加思索地说："什么都不需要！"我只好自己琢磨，给母亲买些什么、带些什么。母亲容易上火、大便干，我买一些猕猴桃、火龙果之类的水果；母亲满口假牙，吃不了太硬的东西，我在家煮一些冰糖雪梨，做成水果罐头，给母亲送过去。

　　养老院里，每天有专人给老人清扫房间，一日三餐伙食不重样。喜欢干活儿的母亲，一下子闲了下来，心里觉得空寥寥，为了让母亲觉得自己还很能干，女儿离不开她，我会把扦裤边、拆扣子的活儿，带到养老院，交给母亲做。母亲来了精神，高兴地说："这活儿，我能做！"

　　每到周末，母亲很期待我的到来。偶尔周末加班或出差在外，先生都会去看望母亲，母亲总是不停地问先生，去哪里了？开什么会？几天回来？先生临走时，母亲让先生带话给我，别操心她，她很好，让我注意休息。我没能按期去看望母亲，反而让母亲牵挂我，心里很不

221

是滋味，常常一回到北京，第一时间赶到养老院，带给母亲在当地买的小礼物，将当地的风土人情讲给母亲听。

从自己家到养老院，大约15分钟的车程。因为路途比较近，通常我会打电话告诉母亲，说我一会儿就到。母亲房间外的走廊旁的窗户，朝向养老院的停车场。每次我开车进了养老院的大门，将车停稳，从车里下来，都能看见站在窗户旁的母亲，正朝窗外张望着，看到我的车，母亲总是会高兴地向我招手，大声地喊着我的小名。在安静的养老院，母亲呼唤我的声音，格外清晰，我听得真真切切。我知道，放下电话的母亲，走出房间，一直站在窗户旁，等待着我的到来。

一个寒冷周末，在家与母亲通完电话，我驱车赶往养老院。由于路上临时的交通事故，一刻钟的路程，竟然用了近一个小时才到达养老院。到了养老院门口，我一眼就认出了嗖嗖寒风中站立的母亲。我赶紧下车，迎上前去，母亲着急地说："左等右等你没来，我到门口迎迎你。"我心疼地为母亲裹一裹棉衣，紧一紧围巾，责怪母亲，这么冷的天，不应该出门，应该在屋里等我。母亲安慰我："没事儿，我走出来活动活动。"我鼻子一酸，无言以对，急忙与母亲一起进了养老院，走进母亲的房间。

有了这一次的教训，我去看母亲时，不再告诉母亲我去看望她的具体时间，而是记下养老院的作息时间，大致估摸着，趁母亲在房间休息的时候，去看望她。时间久了，我经常会搞突然袭击，给母亲制造一次次惊喜。母亲在餐厅吃饭，我会突然出现餐桌前，为母亲夹菜，母亲会兴奋地站起来，拉着我，向同桌吃饭的老人们介绍："这是我小女儿，来看我啦！"母亲在院子里散步，我会大老远喊着妈妈，母亲顺着声音找寻着，高兴地看到我拎着水果，兴冲冲向她走过来。

母亲就像孩子似的，期盼着我每一次的到来，期盼着与我每一次的相见，期盼着坐下来，与我说说话。

例行与国外留学的女儿通话的时间，女儿越洋发来微信："代我向姥姥问好，祝姥姥重阳节快乐！"忙碌一周的我，差点儿忘记了，今天是重阳节。我走进蛋糕店，决定给母亲买一个蛋糕，看着各式各样、花花绿绿的蛋糕，我有些无从选择，向店员咨询着，哪是低糖的？哪是低脂的？哪款适合老人吃？身旁的一位年轻妈妈带着一个小女孩也在挑选蛋糕，看着她们，我回忆起，自己也曾经这样，牵着女儿的手，一次次带着女儿买蛋糕。如今想起来，我颇有些惭愧，母亲很少吃到我买的蛋糕，年轻的时候，忙于学习和工作，忘记了给母亲买蛋糕。有了女儿，只想着一次次给女儿买蛋糕，却忽略了给母亲买蛋糕。

　　九九重阳节，是敬老思亲的日子，八十多岁的母亲登不了高了，因为腿脚不灵便了；赏不了菊了，因为眼睛模糊了；吃不了蛋糕了，因为牙齿没剩几颗了。然而，老人的节日，准确的时间，孩子们的祝福，是对她最好的安慰。

　　人到中年，才体会到母亲的胸怀有多宽广。因为历经磨难，她对走过的沟沟坎坎，只剩下美好的回忆；人到中年，才体会到母亲的眼界有多高，因为看着她养大的儿女一个个走出了小城，她养大的孙辈们一个个走出了国门，她唯一念叨的是，别挂念我，在外吃好！穿好！人到中年，才体会到母亲的双手有多巧，因为直到现在，母亲包的饺子最好吃，母亲缝补的被子最温暖。

　　重阳节，祝福所有的老人健康长寿！珍惜与老人在一起的日子！

7. 规律

临近年底，母亲已经在养老院生活了四个多月。

母亲一般在早晨六点多钟起床，洗漱完毕后，七点半钟到餐厅吃早饭，收拾停当，九点钟到老人活动大厅，与老人们一起在领操员指导下，随着播放的音乐，做一个小时健身操。音乐停了，老人们渐渐散去，下棋的、看报的、打牌的，老人们各自有着自己的喜好，各自有着自己的同伴，时间久了，母亲也有了自己的好朋友，年龄相近，脾气性格相投，坐在一起，彼此有着说不完的话。

十一点半钟，午饭时分，中午是吃大虾还是鸡腿，是包饺子吃还是炸酱面，老人们交头接耳、相互转告着，最热闹的日子是，每个月的十五号，老人们集体过生日，十几位当月生日的老人，围坐在餐厅中央，接受大家的祝福，一起吃蛋糕，唱生日歌。午睡一个小时左右，母亲喜欢在房间里，收拾房间，做些针线，即使有护理员打扫房间，母亲还是喜欢自己动手，把房间收拾得干净整齐，母亲把她的针线包带到了养老院，总有做不完的针线活。

晚饭之后，天气好的时候，母亲在院子里散步，或是在健身区，借助健身器材，做些轻微的锻炼；遇到天黑路滑，母亲回到灯光明亮的大楼里，沿着宽敞的走廊，扶着两边的扶手，来回走上几趟。母亲在家时，常常在小区里散步，走走停停。母亲傍晚不会出门，怕黑，下雨天也不会出门，怕路滑，特别是到了冬天，母亲畏缩在被窝里，常常不愿意起床、不愿意吃饭。住进了养老院，到处有老人安全防护设施，母亲走动多了，活动多了，精神状态也好多了。

晚上七点钟，母亲准时回到房间，楼层的护理员在这个时间，进行查房，敲开每一位老人的门，问候着每一位老人，如果有意外情况，及时进行处理。七点半，我准时与母亲打电话，母亲声音洪亮，大声对我说："我挺好，放心吧！挂了！"九点多钟，母亲熄灯休息。

生活简朴的母亲，对养老院一日三餐很满意。面点师傅每天换着花样做出的包子、馒头、花卷等主食，母亲更是赞不绝口。能过她的法眼，足以说明面点师傅的手艺不错。母亲在家时，我最不放心的是母亲的吃饭问题。母亲喜欢在厨房转悠，自己动手做饭，但是母亲眼睛看不见了，记性又不好，在厨房不是忘记关灯，就是忘记关火。不让母亲做饭，等于剥夺了她最大的权力。她以吃饭凑合来反抗，三顿改成两顿，甚至餐餐吃剩饭。一日三餐的解决，减轻了我最大的负担。

来养老院次数多了，我对住在养老院的叔叔和阿姨们有了一定了解。与母亲年龄一样大的李阿姨，行动不便，需要推着轮椅走路，独自在家时，儿女不放心，就将她自己大的学区房出租出去。住进养老院，租金用于养老院的费用和护理费用，儿女们放心，她也安心。九十多岁的王大爷，身体健康，精神矍铄，三个儿子都是医生，工作繁忙，他住进了养老院，每天坚持锻炼，坚持做自创的健身操，李大爷说，身体是自己的，自己照顾好自己，比什么都强。山东的陈阿姨，四个儿女都很有出息，都在北京工作，她来到北京，在每个孩子家分别住了一段时间之后，选择住在了养老院，儿女们事业有成，是她最大的安慰。

养老院的老人们，并非没有儿女，并非在家无人照顾，并非没有属于自己的住房。为了让儿女们安心工作、减轻负担，让孩子们有自己的独立生活空间，让亲人们少些牵挂，他们来到了养老院。看着这些老人，我十分感慨，我们渐渐老去的父母亲，远比我们想象得更坚强、更豁达、更宽容，更能忍让，他们把孤独留给了自己，把享乐留给了儿女。和老人们接触多了，你会忍不住心疼他们，理解他们，敬重他们。

人世间，有一种爱叫付出，它不求任何回报；有一种爱叫无私，它把所有一切都给了你。这种爱，就是父母亲对儿女的爱！

为了两个女儿，为了两个女儿的家庭，为了两个国外求学的外孙，母亲选择了生活在养老院。看到一些老人生活不能自理，母亲心生怜悯，庆幸自己有个好身体；看到辛苦的护工，忙前忙后照顾老人，母亲很心疼，她与护工成了朋友。我知道，母亲也有走不动的那一天，我祈祷，那一天，慢一些到来，母亲能够少一些身体的病痛，少一些灾难。

秋天来了，想带母亲去植物园看菊花，母亲说："不去，养老院里的花好看！"

过节了，想接母亲出去到饭店吃饭，母亲说："不去，养老院的饭很好吃！"

女儿回国了，打算接母亲回家小住几天，母亲说："不去，养老院挺好！"

母亲已经将养老院当成了她的家、她的窝。

8. 守岁

春节快到了，这将是母亲住进北京的养老院度过的第一个春节。

在过去的一年里，一家人经历了一些重要变化。与母亲相伴多年的姐姐和姐夫离开中国，远赴美国，与儿子团聚。母亲离开了生活了六十多年的河南安阳，来到了北京。为了减轻我的负担，母亲住进了养老院，把养老院当成了自己的家。所有变化，都与年迈的母亲息息相关。亲人分离的痛苦，告别故土的伤感，没了家的孤独，面对如此多的情感折磨，坚强的母亲挺了过来。

离春节还有些日子，我计划着春节假期，有了更多的闲暇时间，接母亲回家，多陪一陪母亲，让母亲度过一个开开心心的春节，抛掉所有的烦恼和忧愁。我提前告诉了母亲，准备开车接她回家。

听到了我的春节计划，母亲不同意，明确表示不愿意回家，还摆出一大堆理由：

你们平时都忙，过年好好休息！

养老院里暖暖和和，还热闹！

过年改善伙食，年夜饭好吃！

……

我扭不过母亲，只好遂了她的愿，改变原有计划。

就像小时候母亲为我准备新衣一样，我想着为母亲添置过年的新衣。走进商场，服装鞋帽，品种真不少，然而，为八十多岁的母亲买一件合适的衣服，还真让我犯了难。听售货员介绍，做老年人的衣服成本高，为老年人做衣服的厂家已经不多了。在售货员的推荐下，我为母亲选购了一件中式薄棉袄，枣红色的丝绸面料，喜庆又雅致，胸前还绣着朵朵玫瑰花。母亲一生喜欢种花、养花，却从来没有收到过玫瑰花，这件花棉袄，想必母亲一定会喜欢。

售货员得知我是为母亲买衣服，对我说："给老人买衣服，肯定买对了！现在过年，给家里小孩送红包，给家里老人买衣服、送礼物。"

我不解地问为什么。

售货员接着告诉我："如今，城里的老人，大都有退休费，不缺钱，就是不舍得给自己花钱！"

听着她的话，觉得有些道理，母亲何尝不是这样呢？

除夕一大早，我与先生一起，带着大包小包，还有给母亲置办的新衣服，来到养老院。母亲站在门口，正等着我们到来，我与母亲一起走进房间，把给母亲买的花棉袄拿出来，帮母亲穿上。母亲穿上新衣服，用弯曲粗糙的手，抚摸着柔滑细软的棉袄，站在镜子前，打量着身上的新衣，衣服的大小、颜色、式样都很适合母亲，母亲的背已经驼得直不起来，以至于新衣服再也穿不伸展了，然而，穿上新衣服的母亲容光焕发，真好看。母亲甩着手，正身照一照，左右侧身照一照，看着镜子里的自己，像孩子般高兴，连声叫好，还不停地："你不会做针线，哪里买的这么好的棉袄？绣的这玫瑰花，真好看！费不少工夫吧？"

我帮着母亲整理着衣袖，笑而不语，只要母亲喜欢就好。

随后，我与先生一起动手，装扮母亲在养老院的家。先生提前为母亲写好了春联，来到房门外，将春联贴在母亲的房门上，贴好之后，先生指着红红的对联，一字一句念给母亲听，恭俭温良宜家受福，仁爱笃厚获寿保年，横批是五福临门。

先生对母亲说："妈有福气，好好享福，健康长寿！"

我在房间里，擦干净窗户，贴上"平安吉祥""贵花祥鸟"的剪纸窗花。母亲的新家，温暖而又喜庆。收拾打扫停当之后，我拿出鼓鼓的大红包，放到母亲的手里，我对母亲说："祝妈妈新年快乐！开开心心过好每一天！"

母亲高兴地点着头，脸上乐开了花。

考虑到老人们的实际情况，养老院的年夜饭安排在了除夕的中午，我与先生陪着母亲走进餐厅，与其他老人及其家属一起度过除夕，在养老院院长和员工们祝福声中，年夜饭开始了。热闹的饭桌上，大家说说笑笑，母亲微笑地看着大家，安静地听着大家说话。年夜饭很丰盛，母亲吃得很香，吃得很慢，我不时地为母亲夹着菜。养老院餐厅里的人们，为了老人们过一个团圆年，聚在了一起，不是一家人，胜似一家人，共同祝福老人们身体健康，祝愿家属们工作顺利，祝愿养老院越办越好。

午后，室外天寒地冻，室内温暖如春。我和先生陪着母亲，来到活动大厅，暖暖的阳光透过宽大的落地玻璃窗照进来，光彩明亮，大厅的墙壁上挂满了老人们的书法和绘画。三三两两的老人，或看报纸，或聊天，或在护工的照顾下晒着太阳。穿着枣红色新衣的母亲，在一群老人们中间，格外引人注目。我走到每一位老人跟前，向老人问好，祝老人新年快乐。

先生架起相机，选好视角，以一幅孔雀开屏的绘画为背景，为老人们拍照。老人们笑声不断，在镜头前，

生命的心灯

神态是那么祥和幸福。在老人们的见证下，我和先生分坐在母亲左右，与母亲一起合影，留下了辞旧迎新的美好瞬间，阳光照到母亲脸上，也照到我的脸上，镜头中的母亲笑得很开心，很甜蜜。

到了晚上，在母亲的房间里，我与母亲一起守岁。母亲躺在床上，我靠在沙发上，静静地听母亲，聊着过去、现在、未来。"一夜连双岁，五更分二年"，这一年的除夕夜，很别样，母亲的话格外多。

别给自己、给孩子太大压力，人只要走正路，好好工作，就是幸福！

真是想不到，我能住进这么好的养老院，一辈子真像做梦一样！

每天一睁眼，新的一天，一闭眼，又过了一天，这样的日子，真好！

过了年，我争取再多活一年，一辈子值了！

……

9. 过节

大年初二，年味正浓，按照习俗，这一天，嫁出去的女儿要带着丈夫、儿女回娘家拜年。微信朋友圈里很热闹，就连平时不太冒泡的丈夫们也是感慨万千，幽默调侃着。

结过婚的女人，今天最幸福！曾几何时只身一人奔赴战场，而今日，领着俘虏带着战利品回到根据地，彰显一个成功者的自豪与骄傲！祝福美女们开心回娘家！

今天是姑爷节，男人们都很牛，领着老婆去退货，老丈人生怕把闺女退回来，就好吃好喝地伺候着，结果吃人家的嘴短，女婿只好又带着老婆回来，再熬一年。

……

每逢佳节倍思亲，在这一天，回家团圆的饭桌上，少了亲人的身影，在浓浓的年味中，多了温馨的痛苦、幸福的惆怅。

春节前刚刚没了父亲的同学，摆上父亲的照片，献上一束水仙，倾诉着对父亲的思念："今天是大年初二，闺女回家来看您了，您一生刚毅坚强，临终时，您也没告诉我，您到底哪里不舒服。如果有来生，您可一定还要挑选我做您的女儿！"

没了双亲的闺蜜，感慨着手足亲情、姊妹深情，描述着大姐的一举一动："长姐为母，初二回娘家，直奔大姐家。大姐准备了一桌子好吃的，看着一大家人吃饱吃好，大姐眼睛里含着泪花；准备回家了，大姐像逝去的母亲一样，忙着为我准备着麻辣味、五香味、腐乳味的腊肠，手工花糕、豆包，各种各样的年货，让我带回家。"

……

读着朋友们的微信，看着朋友们发出来的照片，我有些伤感，父亲不在了，母亲住进了养老院，家没了，我如何回娘家？住在养老院里的母亲，想必也和我一样，心里不是滋味。母亲走也走不动了，吃也吃不动了，如何让母亲也放下伤感，开心过节呢？先生劝导我，今天过节，我们要开开心心，让母亲也开开心心，母亲在哪里，家就在哪里。

我和先生想来想去，母亲到过北京的很多地方，天安门、北海公园、颐和园等。我知道，母亲最喜欢的地方，是天安门广场。

我大学毕业时，与母亲一起，去过清晨的天安门广场，观看升国旗仪式。女儿上幼儿园时，一家人与母亲一起，去过节日里的天安门广场。那时候，正值国庆节，金秋的天安门，花团锦簇，人山人海，母亲与女儿手牵着手，在人流中徜徉，一老一小，无比快乐。虽然今天已经是入春的第二天，北京还是寒意正浓，而且母亲年事已高，走路已大不如从前，如何去天安门？如何让她看到天安门的美景？我与先生左思右想，商量出一个稳妥的方案，晚上开车带母亲去天安门广场，让母亲坐在车里，观看节日夜晚的天安门广场。

晚上七点多钟，我与先生一起，开车来到养老院，母亲一听我说要陪她出去，不停地摇头，对我说，不去，外面黑。

我惊喜地告诉她，一起去天安门广场看灯。

母亲高兴了，听话了。

我帮母亲穿好棉衣，戴好帽子，出了门，让母亲坐在副驾驶位置上，系好安全带，我坐在后排座位上，先生开车，徐徐驶出养老院。

夜幕下的北京，宁静祥和，灯光闪烁，马路上行驶的汽车、街上的行人，与平日相比都少了。开车一路经过四环路、三环路，路灯在晴朗夜空下呈现出不同的变化，两侧林立的高楼上闪烁着绚烂的灯光秀。

坐在车里的母亲，看着亮如白昼的景色，变得兴奋起来，不停地说："真亮啊，新时代真好！跟过去比，天上地下。"

我和先生不约而同地夸赞母亲："跟上潮流了，新词都学会了！"

车子经过新兴桥，从西向东，向天安门广场驶去。沿途紫色的方形灯笼，温馨雅致；红红的中国结，随风飘扬。中南海高高的红墙外，玉兰树上的串串彩灯，交响辉映；在灯光的映照下，雕梁画栋的新华门上，高悬的国徽金红交辉。母亲远远地望着，崇敬地说："建设好这么大一个国家，真不容易呀！"

车子徐徐经过天安门广场，长安街上的莲花灯和棉桃灯，华灯齐放。天安门城楼在灯光的映衬下，格外恢宏安详，两侧的华表庄严肃立，母亲看着天安门城楼上悬挂的巨大的毛主席像，敬重地说："是毛主席让我有了工作，感谢毛主席！"

为了让母亲多看一看天安门，细心的先生，从东长安街的建国门桥下，调转方向，从十里长街的东侧，向西驶去，重新驶过天安门广场。再次经过天安门城楼，先生开慢了速度，打开车窗，让母亲能看得更加清楚。母亲看着漫步来往的人群，看着笔直挺立执勤的武警战士，心疼地说："民警真不容易，二十四小时值班，大家都遵守秩序才好。"

望见天安门广场西侧的人民大会堂，母亲一眼就认出来："人民大会堂，我进去参观过，是人民代表开大会的地方。"

天色已晚，车子两次驶过长安街，先生静静地开着车，我们静静地听母亲说着话，沉默寡言的母亲，今晚的话很多。

将母亲送回养老院，我和先生开车回家，路上，我和先生都没有说话。车窗上映衬着外面的灯，我久久回味着母亲的话。

10. 成长

转眼过完年，春天来了，万物复苏。

八十多岁的母亲，已经习惯了养老院的生活，经历了如此多的变故，母亲看开了很多事情，包括生死。母亲平静地说："活到八十多岁，值了！你爸在那边等着我呢，你姥姥也是活到八十多岁，她想我了，在那边等着我呢！"

先生说，母亲能够看破生死，安度一生，其实是一种智慧。

虽然母亲老了，却像一位豁达的智者，越来越坚韧，越来越洒脱，让我从心底里，越来越依恋她。每次着急上火的时候，看到母亲，我就像母亲一样安静下来；每次不如意时候，看到母亲，我就像母亲一样有了灿烂的笑；每次焦头烂额时，看到母亲，我就像母亲一样有了定力。

在养老院里，母亲的日常作息时间很规律，饮食起居安排很周到，我少了很多担心和操劳，平日里可以更多地把精力投入到工作中去。每次去养老院看望母亲，母亲多了一个话题：妞妞还好吧？放暑假回来吧？

母亲想我的女儿了。

在母亲的念叨声中，女儿如期暑假回国，我和先生到首都机场接她。下午四点多，女儿走出机场，兴奋中带着疲倦，我与女儿相拥在一起，离上次见到女儿，已经有整整一年的时间。

一家人匆匆走出机场，直奔一家 24 小时营业的特色小吃店，点上女儿爱吃的几样小吃，榴莲酥、蒸小排、蒸凤爪、烧卖。还不到吃晚饭的钟点，师傅很快上齐了所点的小吃，女儿一口气吃下了摆在她面前的美食，然后长长舒上一口气，闭上眼睛，美美地回味着刚刚吞下去的食物，对我和先生说："刚才下飞机，是我整个人回来了；吃完这几样小吃，是我的魂儿回来了。"

中国味道，是女儿永远难以割舍的魂儿，不管她离家多远，离家多久，故乡的味道，将她的身心捂暖，告诉她，到家了。吃完饭，女儿来了精神，迫不及待地对我说："姥姥好吗？我现在要去看姥姥。"

我原本想着，等女儿暑假回京后，休息调整一下，再带她去养老院看母亲。没想到的是，女儿回国想做的第一件事情，是去看姥姥。

记得，年前将母亲在养老院安顿好之后，与女儿的越洋对话中，提及此事，女儿哭了，甚至气愤地质问我，为什么要把姥姥送进养老院?

我变得无语,不知道该如何向她解释。深爱着姥姥的她,一时无法接受所发生的一切。

从小吃店出来,天空下起了淅淅沥沥的小雨,临近傍晚,环路上行驶的汽车排起了长队,像蜗牛一样,慢慢往前爬。坐在车里的女儿睡着了,打着轻轻的鼾声,十多个小时的飞行,加上转机,她很疲惫。驱车近一个小时,来到了养老院,我推醒沉睡中的女儿,一起下车走进养老院。

这时候,雨过天晴,空气清新,宽敞的养老院院子里,各种颜色的月季花开得正艳。刚刚吃过晚饭的老人们,在院子里悠闲地散步,不能行走的老人,由护工推扶着,坐在轮椅上,享受着雨后的凉爽。我估摸着母亲的作息时间,对女儿说,这个时间,姥姥可能在院子里散步。

女儿答应着,快步在院子里奔跑着,像风一样地从老人们身边掠过,急切地找寻着她朝思暮想的姥姥。

女儿找寻着,一眼看到了在凉亭子里坐着、正与一位阿姨聊天的母亲。女儿从大老远,扯着嗓子喊着:"姥姥!姥姥!"

母亲听到了熟悉的喊声,有些迟疑。为了不让母亲牵挂，我之前并没有把女儿回来的消息提前告诉母亲。

女儿快步迎上去，不停地说："姥姥，是我，我回来了！"

母亲望着站在面前的女儿，愣了一下，恍然明白了，开心地笑了，连声说："是妞妞！是妞妞！"

母亲拍着双手，张开双臂，把女儿抱在了怀里，母亲眼里闪着亮光，大声喊着："我的妞妞回来了！我的妞妞回来了！姥姥真想你！"

一老一少相拥相望着，母亲脸上乐开了花，爽朗的笑容在空旷的院子里荡漾，母亲已经很久没有这么痛快地笑过了。

母亲向坐在旁边的阿姨介绍："这是我女儿，这是我外甥孙女，从美国刚回来。"阿姨看着我们一家人，连声说："你真有福气！"

女儿搀扶着母亲，慢慢走过楼道，上了楼梯，向母亲的房间走去。

"姥姥，你在这里习惯吗？"

"习惯！"

"姥姥，你在这里觉得好吗？"

"好！"

一老一少，一问一答。

上楼走进母亲的房间，女儿左顾右看，仔细打量着屋里的一切，不停地对母亲说着。

女儿拉开卫生间的门："姥姥，你上厕所要小心啊！"

女儿拉开大衣柜的门："姥姥，你的衣服够穿吗？"

女儿拉开冰箱门："姥姥，你每天记着喝牛奶！"

母亲一一答应着，目光一刻也没有离开过女儿的身上，自言自语说："又长高了！"

一通检查之后，女儿坐在床边，依偎在母亲身边，听母亲讲着养老院的事情。母亲把养老院从早到晚的作息、一日三餐的伙食，一五一十地讲给女儿听。母亲声音洪亮，调门很高，似乎使出了全身的力气，说着每一句话。

最后，母亲望着女儿，嘱咐说："姥姥在这里不错，别担心我！好好读书！"

天快黑了，我们与母亲告别。车子开动了，母亲一直跟着开动车子，将我们送到大门口。

在回家的路上，女儿全然没有了睡意。

"姥姥真可怜，但是姥姥知道我们都很忙！"

"还好，姥姥在这里能够找到自己的朋友，生活也很规律。"

"姥姥心里肯定很想家！"

"谁不想住在家里，和家人在一起，姥姥真的很豁达！"

"我回来了，每周都来看姥姥，让她开心！"

......

我没想到长期在国外的女儿，一下子有如此多的感慨。

我望着女儿，孩子，你长大了。

生命的心灯